W0267742

Crédit photo ©Morgane Leray (base sous-marine de Saint-Nazaire)

Morgane Leray

La Maison du marais

Collection « L'Archipel des brumes »

Sourire en bandoulière

« No man is an island entire of itself ; every man is a piece of the continent, a part of the main ; if a clod be washed away by the sea, Europe is the less, as well as if a promontory were, as well as if a manor of thy friend's or of thine own were; any man's death diminishes me, because I am involved in mankind. And therefore never send to know for whom the bell tolls ; it tolls for thee. »

John Donne

« Chacun de vos pas à travers le vide devient une île fleurie où les autres peuvent poser le pied. Mais sur le chemin n'emportez rien d'ancien avec vous ! »

Le Maître intérieur/Gitta Mallasz

À Maryvonne, Isabelle et Pierre-Yves…

CHAPITRE 1

Les trois Grées

« Un homme qui fuit sa peur
peut bien découvrir qu'il n'a fait qu'emprunter
un raccourci pour la retrouver. »
Tolkien

La faible hauteur des montagnes bretonnes ne les empêchait pas d'être recouvertes d'un glacis de givre qui, dans le paysage désolé des Monts d'Arrée, prenait l'apparence d'un mélancolique linceul.

La morte saison était étrangement précoce.

Accoudé au zinc, le regard perdu sur l'horizon d'écumes des monts de Bretagne, il se laissait hypnotiser par la voix qui résonnait dans ses écouteurs :

I know places we can go, babe
Where the highs won't bring you down, babe
No, the highs won't hurt you there, babe
Don't ask me when but ask me why
Don't ask me how but ask me where

There is a road, there is a way
*There is a place, there is a place**

Elle aimait cette chanson. Elle aurait aimé cet endroit.

Mais elle n'était pas là.

Plus rien de son ancien monde n'existait.

Plus rien ne le retenait à son passé, à qui il avait été.

Comme plus rien ne restait d'elle.

Il repensa soudain à la mèche de cheveux qu'il avait retrouvée dans une cassette, dissimulée sous le plancher qu'il était en train de refaire. Il avait acheté une vieille longère et la rénovait : lui, que l'on mettait jadis dans la *catégorie* des intellectuels – ces bocaux de pensée dans lesquels les hommes aiment enfermer leurs congénères et eux-mêmes, avait besoin désormais d'utiliser ses mains, de réaliser quelque chose de concret… sa balise Argos dans le néant océanique de sa vie d'aujourd'hui.

En retirant l'ancien plancher rongé par la pourriture, il avait découvert une boîte en bois ouvragée, dans laquelle se trouvaient de vieux papiers et toutes sortes de colifichets féminins.

Et cette mèche de cheveux.

---

* Je connais des endroits où nous pouvons aller/ Où les hauteurs ne te terrasseront pas/ Non, les hauteurs ne te blesseront pas, là-bas/ Ne me demande pas « quand ? » mais « pourquoi ? » / Ne me demande pas « comment ? » mais « où ? » / Il existe une route, il existe un chemin / Il existe un lieu, il existe un lieu (trad. personnelle), Lykke Li, « I Know Places », *Wounded Rhymes*, Zachrisson, Lykke Li Timotej, Yttling, Bjorn Daniel Arne, 2011.

Des cheveux noir corbeau et encore doux… comme les siens.

I know places we can go, babe
Where the highs won't bring you down, babe
No, the highs won't hurt you there, babe

Il sursauta. Il retira ses écouteurs pour entendre la main qui s'était posée sur son épaule, une main généreuse, traversée par de puissantes racines bleutées :
« Comment allez-vous ? Vous commencez à prendre vos marques ?
— Ah, monsieur le maire ! fit-il dans une poignée de main qui se voulait souriante. Disons que les choses se mettent doucement en place, oui.
— Je vois que vous avez fait la connaissance de nos exquises doyennes…
Le maire lui lançait un regard de connivence amusée quand un verre à liqueur empli d'un liquide miellé et odorant se posa sur le comptoir, face à lui. Une main de granit l'y avait déposé, prolongé d'un œil aqueux, minéral, coupant. Deux autres créatures, parfaitement identiques, dupliquaient l'Ancêtre, que l'on eût dit mère des mégalithes.

L'étranger baissa les yeux sur le verre, puis lança un regard intrigué au maire :
— De l'hydromel. Vous voulez goûter ?
— Je ne me permettrais pas de tremper mes lèvres dans le nectar des dieux, moi, pauvre mortel.
— Ah, la République a concédé un reliquat de prérogatives divines à ses élus!

La plaisanterie des deux hommes se brisa nette sur le visage austère de la terrible triplette en charge du comptoir :
— Aut' chose à boère ?
— Non, je vous remercie, Madame. Je vais y aller, la nuit tombe.
— Allons, Soazig, sois plus gracieuse avec notre nouveau concitoyen, veux-tu ?
Les trois sœurs relevèrent la tête au même instant :
— Vous ne leur avez pas dit ?
— Eh bien… je n'en ai guère eu l'occasion, en fait.
— Ah ! Alors, Mesdames, je vous présente le nouvel hôte de la maison du marais !

Il lui sembla qu'en un subreptice glissement, qu'en un seul corps, les vieilles femmes s'étaient retrouvées autour de lui, l'œil rivé à son visage : « la maison du marais… », répétaient-elles tout bas en une sombre litanie.

Il se leva soudain, mal-à-l'aise, et chercha dans sa poche de jeans de quoi régler sa consommation :
— Allons, je vous en prie, c'est pour moi ! l'interrompit le maire dans un grand sourire. Vous partez déjà alors ? Bon. Permettez-moi de vous souhaiter une nouvelle fois la bienvenue dans le Yeun Elez !
— Merci de votre accueil, répondit l'étranger en se faufilant entre les trois sœurs, comme statufiées dans la même attitude scrutatrice.

Au moment de franchir la porte, il fut happé par les brumes humides et glaciales de fin octobre. Il remonta le col de son manteau, pris dans la lanière de son sac en bandoulière, enfila un bonnet de laine et plongea les mains dans ses poches.

Il s'enfonça dans l'énigme de la nuit tombante, poursuivi du fanal inquisiteur d'un regard triple.

Chapitre 2

L'Omphalos

« L'éternité, c'est la mer mêlée au soleil »,
Rimbaud

Chaudement emmitouflée, elle s'était installée sur le transat, face à l'océan. Elle se remémorait son retour à An Istreg avec la tendresse et l'émotion d'un retour d'exil.

La voiture avait piqué alors à droite.

Un sourire s'était dessiné sur ses lèvres : comme elle aimait cette route, comme elle lui était chère !

Ses sinuosités l'absorbaient toute entière. À droite, la forêt aux hautes fougères bordée de bruyère et d'ajoncs ; à gauche, entre deux parcs boisés, apparaîtrait bientôt un bras de mer, se mourant de langueur dans l'étreinte du marais. Ce serait marée basse ou haute ? Le plaisir de la surprise... Elle préférait toutefois la marée basse, pour ses jeux de lumières subtiles, évanescents ; pour le couple d'aigrettes qui cherchait sa pitance ; pour le mariage odorant de l'iode et de la terre salée.

Puis, la route s'était enfoncée de nouveau dans la forêt de chênes vénérables, avec ses piverts, ses mésanges, ses éperviers et ses chouettes, avant de repiquer sur la gauche, entre deux champs.

Là, au bout de la route, un magnifique figuier, penché sur le lacet de la grève, mélange de sable et de coquilles d'huîtres.

Là,

le paradis,

entre mer et forêt.

Le regard ne pouvait pénétrer les profondeurs du bois.

On surprenait parfois le vol d'un rapace, témoin furtif d'une vie secrète.

Nulle sente entre les épines des mûriers et les fougères géantes enlacées aux troncs roides et hauts.

Nulle trace de l'homme de ce côté de la frontière sombre et sinueuse de la route.

De l'autre côté, entre le goudron et le rhizome que dessinait la ria, une zone intermédiaire où des chemins conduisaient à des habitations humaines, traces éparses, hôtes éparpillés des animaux qui peuplent les pins maritimes, les chênes et les fourrés.

Elle s'était laissé glisser

ainsi

entre les deux mondes.

Les frondaisons avaient disparu le temps de surprendre l'agonie langoureuse de la mer dans la terre. Les nuages ourlés de fils de lumière se reflétaient dans les nuées d'eau salée abandonnées sur le sol ; mer, terre et ciel se fondaient en un éclat iridescent, aveuglant.

L'odeur de leurs amours pénétrantes s'exhalait du sol, enivrait les sens.

Le voile des feuillages était pudiquement retombé sur les caresses salées et humides déposées sur la terre abandonnée. Le sortilège de la forêt avait repris. Son regard avait sondé le bois comme la main amoureuse explore le corps retrouvé. Elle revoyait avec ravissement l'impermanence de la forêt dans son *perpertuum mobile.*

Lorsque la voiture s'était arrêtée, elle était rapidement sortie pour se poster face à la mer : un sourire n'avait plus quitté ses lèvres.

Elle s'était laissé envahir par le parfum puissant de l'océan, emplir par le crépitement de sa vie, posséder par sa lumière.

Son corps s'allégeait,

Son esprit se libérait,

Son cœur s'apaisait.

Le goémon respirait, les coquilles d'huîtres exhalaient leur souffle salin ; les crabes dansaient sur la grève, les aigrettes et les mouettes cherchaient leur repas.

En mourant,

la mer donnait vie.

Encore

et encore.

Une fois les bagages rentrés, elle s'était servi un verre de Meursault. La mémoire de ses papilles s'était réjouie de la fraîcheur florale, de la sensualité raffinée et discrète des fruits blancs auxquelles son palais allait bientôt succomber. Elle avait sorti un transat, s'était emmitouflée dans une couverture en polaire et installée sur la chaise longue, face à la mer. Le pâle soleil des vignes se diffractait alors dans le cristal de sa main.

Comme en cette heure.

Un papillon blanc passa devant elle, voletant, aérien, dans la lumière opalescente du ciel océanique ; sa beauté éphémère et délicate capturait la lumière dans la voilure nacrée de ses ailes.

Elle laissait son esprit s'abandonner entièrement à la plénitude rassérénante de l'océan réfugié dans les bras de la terre, loin des colères de la côte, loin du bruit assourdissant des vagues, dans les retranchements protecteurs d'une nature complice.

Loin des faux-semblants sociaux, loin du temps artificiel du quotidien, elle respirait à nouveau au rythme lent et naturel du monde, pleine de sa réalité, riche de sa beauté.

Comme lors de ses retrouvailles avec la terre de ses ancêtres.

À chaque expiration,
elle s'était vidée de la fatigue nerveuse, des angoisses qui la rongeaient depuis des mois et l'abîmaient de plus en plus.

À chaque inspiration,
elle s'était emplie de la sérénité, de la paix, de la force d'un monde stable et pérenne.

Ici,
le temps était dense, le monde intense.

Ici,
l'esprit retrouvait le chemin du corps.

La force nourricière

de la terre

portait la puissance de rêve

du ciel.

Alors,
on ressentait l'harmonie du monde.

Alors,
on se sentait une parcelle du monde.

Le lendemain matin, comme tous les matins à An Istreg, elle s'était levée en même temps que le jour.

La nuit déjà, elle s'était endormie en regardant la soie mouvante de l'océan sous la lumière caressante de la lune. Les trous d'eau de la marée basse avaient capturé des éclats de ciel, étoiles de mer tombées du firmament.

La terre abandonnée, pour déjouer l'ennui de la solitude, se faisait miroir des astres.

Son lit semblait suspendu entre le ciel et la mer,

entre l'image et le reflet.

Le regard pouvait se perdre une éternité dans les mouvements irisés du sommet des vagues, dans le creux sombre des flots, derrière l'écran de la vitre, dans le silence de la chambre noire.

C'est cette même osmose qui lui avait fait naturellement épouser le rythme des jours.

La nuit de l'océan était fascinante ; l'éveil du jour onirique.

La respiration de la mer soulevait à peine la soie de son ventre, tandis que son souffle se répandait lentement sur le monde encore endormi.

Une brume montait des eaux.

Elle montait, montait doucement, étendait son royaume de songe.

L'univers n'avait pas encore créé la couleur qu'il avait déjà inventé la lumière.

Tout

n'était qu'ombre et lumière.

Elle descendait alors, préparait son thé et s'installait en face de la baie, toujours à la même place.

Un cormoran se séchait sur le banc de sable à la limite du chenal, les ailes noires tendues vers le ciel comme un phénix de cendres. Elle se levait et à son retour l'oiseau avait laissé place à une barque, qui flottait plus à l'est, dans le reflet métallique du soleil levant.

Tel était le rituel de ses jours et de ses nuits, boucle sacrée d'un temps liquide.

Ce matin-là, toutefois, un frisson l'avait parcourue.

Le froid mordant lui avait fait réaliser que c'était la première fois qu'elle venait là l'hiver. Enfin… pas la première fois, non. Elle était déjà venue en hiver, il y avait de cela très longtemps.

Elle s'était alors souvenu que, jadis, lorsqu'elle arrivait dans la cuisine, lorsque la famille se retrouvait l'été à An Istreg, il était assis exactement au même endroit, en train de faire ses mots croisés, leur chien sur la chaise d'à côté. Elle se précipitait dans ses bras et il caressait ses longs cheveux, le menton contre son front. Et elle le serrait fort, aussi fort que ses petits bras d'enfant en étaient capables. L'odeur chaude de l'aftershave mélangée à celle des Gauloises l'engourdissait, prolongeait la chaleur suave du sommeil.

avaient commencé à remonter

lentement

en elle.

La dernière fois, l'unique fois qu'elle était venue dans la maison de sa cousine en hiver était précisément après la mort de son père.

Il y avait plus de vingt ans.

Hier comme aujourd'hui, elle s'était réfugiée

au bord du grand océan

là où tout meurt

et tout renaît

Là où naît la lumière.

Chapitre 3

La Porte des enfers

« Mon père, mon père, ne vois-tu pas là-bas
Danser dans l'ombre les filles du Roi des Aulnes?
— Mon fils, mon fils, je vois bien en effet
Ces ombres grises ce sont de vieux saules »,
Goethe (trad. Michel Tournier)

« Ce n'était sans doute pas l'idée du siècle... », pensa-t-il en descendant un chemin escarpé et glissant qui traversait un bois sombre et glacial. Il s'était laissé piéger par la tombée brutale des nuits d'hiver.

Là-bas, il n'y avait pas d'hiver. Il n'y avait pas non plus d'écran opaque et cotonneux entre la terre et les étoiles.

Là-bas, la voûte céleste permettait à l'œil de voir au cœur de la nuit.

Même ce qui ne devrait jamais être vu.

Il avançait précautionneusement. À défaut d'avoir du réseau, au moins avait-il la lumière de son téléphone portable pour éclairer le chemin caillouteux.

Le sol bleuté était déchiré, de-ci, de-là, par des arêtes de schistes coupantes, comme si des poignards avaient percé la chair de la terre de l'intérieur... comme si l'on avait voulu s'enfuir d'une prison souterraine…

Il s'arrêta net, retint son souffle : un bruit dans les ténèbres végétales.

Son regard tentait de percer leur épaisseur, son ouïe de la sonder, mais les battements de son cœur, l'afflux du sang dans ses tempes avaient soudain recouvert la respiration de la forêt.

Ses oreilles bourdonnaient ; il suffoquait, la sueur perlait. Un goût métallique pesait sur sa langue, emplissait sa bouche.

La main sur l'estomac, plié en deux, il desserra brusquement les lèvres comme pour se délivrer d'un flot amer.

Il aspira à pleine bouche, goulûment, l'air glacial et boisé. Il se redressa et ouvrit grand les yeux : il n'était plus là-bas, le froid humide avait remplacé la moiteur équatoriale, les ombres mouvantes des chênes, des hêtres et des résineux celles des essences exotiques.

Il inspira profondément et reprit sa marche, transi de froid après les suées brûlantes.

La masse sombre des arbres se dissipait progressivement en faveur d'une végétation rase : la forêt laissa place aux marais.

Les flaques d'eau avaient emprisonné un peu de la lumière des étoiles, échappées çà et là de leur gangue de ténèbres. Libéré des frondaisons centenaires, le ciel gros de flocons diffusait une lumière faible et laiteuse sur la lande désolée.

Il s'engagea sur un lacet de planches courant à travers les herbes givrées et les trous d'eau.

Par moment, le froufrou des plantes étiques interrompait subrepticement le sommeil minéral : une vie invisible courait discrètement entre les herbes, volait silencieusement et bas.

Il marchait

entre ciel et terre

ombre éphémère

traversant un monde bien antérieur à la mémoire

des hommes

Alors qu'il cheminait dans la nuit du marais, un glougloutement attira son attention ; la lumière de son téléphone éclairait faiblement un bouillon qui s'était formé à la surface de l'eau. Désirait-il vraiment connaître l'origine de ces bulles qui remontaient des profondeurs ? Si seulement il n'avait pas éprouvé le besoin de marcher, de se vider la tête, et qu'il avait pris sa voiture ! Il ne serait pas en train de traverser l'obscurité glaciale d'une nuit de morte saison, en se demandant s'il n'allait pas croiser un cousin breton de Nessie au bout d'une bulle... Après tout, en pays celte, tout était possible, ironisait-il pour repousser l'ombre d'une peur primaire qui commençait à s'insinuer en lui.

Alors qu'il éloignait le faisceau de lumière du bouillon qui grossissait à vue d'œil et qu'il se remettait en marche, un sifflement déchira la nuit : il vit alors une masse de lumière bleutée, mouvante, dansant sur la surface de l'eau.

Hypnotisé, il était suspendu à la féerie d'un spectacle aussi poétique qu'inattendu : la forme mobile, gracile, dessinait une fluide chorégraphie dans la nuit du monde.

Salomé de songes, aux voiles bleu électrique, s'ingéniait-elle à raviver le cœur mort du roi veuf ?

La solitude endeuillée et âpre de l'Argoat semblait tendre un miroir ami à son cœur désolé.

Plaisir de la mortification. Volupté des larmes.

Aimer encore, dans la souffrance. Jouir d'un ultime lien à toi, fût-il celui du supplice. Être encore à toi, même dans les affres du ressouvenir aux serres acérées, aux dents aiguisées et voraces.

Mais la vie de l'ombre, grouillant en sourdine, proliférant, invisible, lacérait les draps voluptueux du lit de douleur dans lequel son cœur s'était étendu.

La vie, fût-elle celle de la nuit, blessait l'orgueil de sa souffrance. Elle dérangeait les eaux placides du lac de ses pleurs, heurtait l'immobile obscurité des eaux étales de son deuil...

Le voilà qui se laissait ensorceler par les voiles dansants de mouvances bleutées !

Un chien hurla à la mort, quelque part dans l'obscurité glauque, brisant soudain le ravissement coupable.

Instinctivement, il scruta les ténèbres : aucun mouvement, aucun bruit.

Il n'avait jamais entendu un tel hurlement, déchirant, saisissant. Ou plutôt, si : il avait déjà entendu un tel cri.

Mais ce n'était pas alors un cri animal…

Tandis que son regard se détachait du néant hurlant, il bondit en étouffant un cri : une voix avait résonné derrière lui.

— Oh, là ! Tout doux, mon ami ! Vous m'avez fait une de ces peurs !

— *Vous* m'avez fait peur, monsieur le maire ! répondit-il, la main sur son abdomen vrillé. Que faites-vous là ?

— J'ai vu que vous rentriez à pieds ; je me suis douté que vous prendriez ce chemin. Il y a déjà eu des accidents : quand on ne connaît pas bien le coin, on a vite fait de glisser sur la roche coupante comme un rasoir, surtout par ce temps et à cette heure. Sans parler des dangers du marais…

— À propos du marais, vous avez vu c…

Il s'interrompit : alors qu'il se tournait en direction de la lumière dansante, il ne surprit que l'obscurité silencieuse des eaux dormantes.

— J'ai vu quoi ?

L'étranger se retourna après quelques secondes, hésitant :

— … peu importe. Quittons cet endroit, voulez-vous ?

Les deux hommes se mirent en marche, éclairés par la lampe torche que le maire avait pris soin d'emporter :
— J'imagine que personne n'a encore eu l'occasion de vous mettre en garde : vous ne devez quitter cette passerelle sous aucun prétexte. Je me permets d'insister : sous *aucun* prétexte. La zone est une gigantesque tourbière. Par endroit, on marche sur un sol que l'on dirait élastique, comme sur un matelas d'eau ; ailleurs, on s'enfonce jusqu'aux chevilles dans un moelleux édredon de feuilles en putréfaction ; ailleurs encore, on disparaît entièrement dans la gueule de la terre. Des carrioles, leurs chevaux et leurs maîtres ont été plus d'une fois engloutis tout entiers, jadis. Hop ! Avalés ! Ne vous y risquez pas surtout. Restez sur le chemin.
— Ah. Je vois. Donc… donc, reprit l'étranger après un court moment de réflexion, la lumière que j'ai vue, au moment où vous m'avez adressé la parole, doit être du méthane ou je ne sais quel gaz échappé du sol ?
— Tiens, je n'ai rien vu… mais, oui, c'est possible. À moins que ce ne soit un feu-follet ou une fée des eaux ! plaisanta le maire.
Il acquiesça dans un sourire :
— En effet, nous sommes en Bretagne…
— … nous sommes surtout dans le Yeun Elez !
— Ah oui, tiens, je n'ai pas eu le temps de vous demander tout à l'heure, au café, ce que signifie « Yeun Elez ».
— « Yeun » signifie « marais » et l'Elez est un cours d'eau qui le traverse. Comme je vous l'ai dit, le Yeun Elez est un marais très étendu, truffé de fondrières de

tourbe ; aujourd'hui, il est en grande partie recouvert d'un lac artificiel, construit en même temps que la centrale, elle-même abandonnée depuis une quarantaine d'années. Ça, c'est la réponse officielle.

L'étranger se retourna d'un air mi-amusé, mi-moqueur :

— La réponse officieuse est que l'on est sur la zone 51 française ?

— Presque ! rétorqua le maire, toujours enclin à la galéjade. Vous êtes en enfer.

Le corps de l'étranger se raidit soudain, son visage se crispa :

— Oui, j'avais bien compris, murmura-t-il.

— Le Yeun Elez abrite le Youdig, reprit le maire qui n'avait rien entendu. Le *Youdig*, c'est l'une des portes des enfers. *Youdig* signifie « bouillie » : au cœur du marais, dit-on, il y a une zone saumâtre, verdâtre, ni tout à fait liquide, ni tout à fait solide. C'est une tourbière sans fond. C'est, dit-on, un puits de communication entre notre monde et l'Autre-Monde, le Sidh, comme disent les Celtes.

— Je ne pense pas que l'Enfer soit sous terre, répliqua l'étranger après un silence glacial qui désarçonna le maire, habitué à ce que l'anecdote fasse son petit effet.

— Eh bien… en fait, les Bretons non plus. Selon les Anciens, l'Autre-Monde est juxtaposé au nôtre, c'est un espace-temps parallèle… un peu comme en physique quantique, voyez-vous ? Et parfois les deux mondes s'imbriquent, s'interpénètrent. Le Youdig est une porte, un seuil de communication spatial. Il est aussi des seuils temporels. En somme, nos morts restent toujours avec nous, parmi nous. Leur manifestation est plus ou moins sensible, voilà tout. En d'autres termes, pour nous, les Celtes, si les apparences sont discontinues, changeantes, tout est, en vérité, relié en continuité.

L'air froid lui faisait mal, lui brûlait les poumons. Il avait l'impression de manquer d'air, de suffoquer. Tout cela n'était que fadaises, superstitions, bien sûr ! Il avait honte de se sentir aussi mal… il se trouvait ridicule… mais… tout résonnait douloureusement en lui : il avait quitté l'enfer brûlant des hommes pour tomber dans celui, glacial, des morts.

Le maire, sentant un malaise inhabituel, s'apprêtait à balayer tous ces contes d'un revers de plaisanterie, lorsque l'homme qui marchait devant lui, courbé sous le poids de la nuit, siffla :

— Oui, les morts hantent les vivants. Et l'enfer n'est nulle part ailleurs que sur terre : il est en l'Homme.

Chapitre 4

Regard d'éternité

« Mon regard, que rien ne peut dévier,
demeure tendu à travers les choses
sur un horizon inaccessible »,
Odilon Redon

Cette fois, la voiture avait tourné à droite du figuier, en direction d'Auray. L'océan disparaissait peu à peu du rétroviseur extérieur.

Une fois le Loch franchi, on arrivait rapidement à l'appartement de Marysabel, au cœur d'un parc boisé. Les mouettes s'y posaient, venant lui rapporter les nouvelles d'An Istreg, dont sa maladie l'avait éloignée.

Elle était descendue de voiture et avait traversé le sentier entouré d'arbres ; des plumes blanches bordées de noir témoignaient de la récente visite des gazetiers de l'océan.

Elle avait cheminé le cœur lourd, un bouquet de fleurs de marais cueillies de bon matin pour sa chère cousine, pleines des odeurs et des pensées de sa vie de là-bas et qu'elle espérait être un ciel de lumière sur la vague funeste qui l'engloutissait peu à peu.

Elle l'avait trouvée minuscule au milieu des draps, comme une enfant perdue dans un lit d'adulte.

Ses yeux semblaient immenses.

Ses lèvres, sa chair avaient disparu sous l'effet du mal qui rongeait son corps. Son petit crâne chenu était recouvert d'un duvet d'oisillon.

Ses yeux *étaient* immenses.

Comme ceux de son père, jadis.

Elle avait laissé glisser sa main le long de son visage amaigri et avait posé ses doigts sur les siens. Sa main avait réagi à son contact, son visage s'était éclairé, ses grands yeux s'étaient levés sur elle : « Je suis heureuse de te revoir, Marysabel », avait-elle murmuré dans un sourire tendre.

Elles s'étaient regardées

longuement.

On ne sait pas regarder les vivants. On ne regarde l'autre que lorsque l'on apprend à l'aimer et lorsque l'on découvre que l'on va le perdre.

Sans doute parce que l'intimité d'un regard est d'une intensité telle qu'elle nous met en danger, nous dépossède de quelque chose.

On n'en accepte l'inconfort que lorsque l'on sait que ce sacrifice de la raison n'est qu'un moment éphémère et nécessaire, parce que le *logos* est infiniment en-deçà de la puissance du regard, qui est seul capable de traduire l'au-delà infini de l'amour et de la mort.

Elles s'étaient regardées

longuement.

Sa main

sur sa main.

Sa main

caressant

le duvet d'oisillon de son crâne frêle et las.

« Je suis heureuse de te revoir », avait-elle répété. Elle avait ensuite laissé sa mère profiter de la présence physique de sa cousine sororale.

Elle s'était écartée, sans détacher ses yeux de Marysabel.

Elle sourit tendrement en repensant à ce moment : sa chère cousine ressemblait alors à un petit moine bouddhiste dans sa polaire framboise écrasé. Puis, son regard s'était détaché lentement de sa mère, des vivants ; il s'éloignait progressivement.

Son regard
avait-il grandi de découvrir l'immensité invisible qui l'entourait ?

Son regard

s'était-il élargi de l'élargissement de son monde, au-delà du monde intelligible ?

Le jour déclinant, ses yeux avaient cessé de ciller, fixant impavides, impassibles, quelque chose qu'eux seuls percevaient.

Elle semblait encore plus décharnée.

Ses yeux

étaient encore plus grands.

Elle était rentrée silencieusement à An Istreg.

Le figuier s'était découpé nettement sur le bleu ardoise du ciel ou de la mer, on ne distinguait pas bien à cette distance et de ce temps. Un orage couvait alors. Les bourrasques avaient fouetté l'air, électrisé. La mer avait menacé de dévorer la route de sa langue rageuse.

La nuit avait été houleuse. De son lit, elle avait observé l'assaut des nuages, l'attaque des vagues. La lune avait brillé douloureusement.

Le réveil avait été difficile. Elle avait tourné doucement la tête, en direction de la fenêtre.

La terrible bataille livrée durant la nuit semblait avoir laissé un monde à l'agonie. La mer s'était retirée loin, abandonnant derrière elle une terre moribonde et un ciel exsangue. Une lumière étrange se dégageait de la ruine du monde et l'irradiait merveilleusement. Le gris opalisé du ciel et de la terre, luisante encore des assauts océaniques, éblouissait.

La fenêtre de sa chambre

s'était considérablement

élargie.

Elle avait été absorbée dans le poème crépusculaire né de la gigantomachie nocturne. Charme de sirènes invisibles, chantant une beauté qui s'en va vers la mort.

Ses yeux s'étaient posés sur une psyché, qui se gorgeait de la lumière iridescente du monde.

Gigantomachie ou psychomachie que le combat mené cette nuit-là ? Il n'avait peut-être pas opposé seulement la mer au ciel, mais autre chose de plus puissant encore.

Elle se cala dans la chaise longue, remonta la polaire sur sa nuque. Elle ne croyait pas aux institutions religieuses, institutions humaines faites pour assouvir les passions humaines.

Elle sentait cependant que la beauté du monde, que sa complexité inouïe, que l'entrelacs infini des êtres, de l'espace et du temps relevaient de quelque chose de supérieur, de sacré, de divin.

L'art, l'amour - le vrai, la contemplation de la nature transfusaient une joie élévatrice, un enthousiasme rasséréNant, une foi sereine dans l'absolu du beau et du bon. La *terribilità* de la nature apaisait ; elle purifiait nos passions ridicules, exorcisait nos grotesques ambitions, déposait un baume apaisant sur les affres brûlantes des désirs.

Comme la terre
dont nous sommes issus
nous sortons anéantis des colères du monde
Comme le ciel
vers lequel nous tendons
nous brillons alors d'une lumière
nouvelle
forte
et douce
humble
et puissante
comme celle qui dut illuminer
la naissance de l'univers
le lendemain du chaos.

Après l'enfantement du monde,
que viennent les relevailles de l'Homme!
Et son réenchantement.

Chapitre 5

Demeure nocturne

« La production des âmes,
c'est le secret de l'abîme »,
Hugo

Le reste du chemin se fit dans un silence aussi lourd que les nuages bas et gorgés de neige qui flottaient au-dessus du marais. Ils arrivèrent enfin à une maison en pierre, trapue, enroulée dans le vaporeux manteau des brumes qu'exhalait la respiration des eaux.

Une porte et deux fenêtres donnaient sur le marais ; du côté opposé, une autre porte et deux autres fenêtres s'ouvraient sur la forêt. De là, une route carrossable reliait la maison au monde des hommes.

— Merci de m'avoir raccompagné jusqu'ici, Monsieur le Maire.

— Appelez-moi Pierre-Yves, répondit ce dernier en serrant la main que l'étranger lui tendait.

— Je prends mes clefs de voiture et vous ramène jusqu'à chez vous.

— C'est très aimable, mais mon épouse doit m'attendre devant la maison : avant de vous rejoindre, je lui ai demandé de venir me chercher.

— Encore merci, Pierre-Yves. J'aurai le plaisir de saluer votre femme une autre fois. Je crains de ne pas être d'humeur très galante, ce soir. Le contre-coup du déménagement, de l'agitation de ces derniers jours et de cette… promenade, sans doute.
— Je comprends parfaitement, ne vous en faites pas. Vous la verrez demain soir : vous ne pouvez pas manquer les deux veillées qui se succéderont dès demain ! C'est notre rituel annuel. On vous expliquera tout ça. Vous verrez, ce sont des moments de convivialité et de poésie. Et puis, ainsi, vous apprendrez à connaître nos légendes, l'âme celte.
— Avec plaisir, fit-il dans un sourire forcé de politesse. Où se retrouve-t-on ?
— Chez moi, à l'auberge. Autour d'une grande cheminée, comme il se doit ! Chacun apporte un petit quelque chose à boire et à manger. C'est une conteuse itinérante qui vient, cette année. Notre conteur habituel, un vieil ami, est parti dans le sud retrouver sa fille, qui doit accoucher dans les prochains jours.

Un pâle sourire traversa le visage las de l'étranger.
— Allez, je vous laisse : vous mourez de fatigue ! Rentrez bien au chaud et dormez bien ! À demain, 20H.

L'étranger fit un signe amical au maire et rentra par la porte du marais. Il entendit bientôt une portière claquer et vit des phares déchirer la nuit de la forêt.

Il avait retiré manteau et bonnet, trempés par l'humidité glaciale de l'hiver, et avait enfilé une douillette veste en laine.

Il se servit un verre de vin à la robe sang de bœuf, mais dont le nez très aromatique, fruité, floral aussi révélait tout le raffinement. Puissance et élégance : telle était la signature du Margaux. Il se réfugia quelques secondes dans les effluves chaleureuses et familières de la Grande Mademoiselle, avant de déposer son verre sur la table basse, sur laquelle il s'est assis, face à la cheminée.

Étrange soirée… Il soupira et se pencha vers l'âtre.

Il y disposa du papier journal froissé qu'il recouvrit d'un quadrillage de bois sec ; il y inséra des morceaux de cagettes et prit la boîte d'allumettes. Il alluma trois ou quatre foyers. Quand le petit bois eut bien pris, il déposa une grosse bûche et vint se caler confortablement dans un fauteuil de velours, savourant la chaleur engourdissante du feu et du vin.

Il regarda la pendule : 19H. Il avait l'impression qu'il était minuit. Il se sentait las, lourd. Un poids pesait sur son cœur, sur son estomac. Il soupira, encore, un sourire ironique aux lèvres : il avait fallu qu'il atterrisse ici.

Comme par hasard, ici : la porte des enfers.

Ben voyons ! Qu'est-ce qu'il croyait aussi ? Qu'il se libérerait un jour de tout ça ? Qu'il pourrait oublier ses cris? Qu'il pourrait ne plus penser à son regard ? Qu'il pourrait un jour échapper aux cauchemars qui hantaient ses nuits, aux souvenirs qui traversaient ses jours ?

Il ne pourrait pas.

Et il n'en avait pas le droit. Pour elle.

Et pour…

Un bruit attira son attention. Il tendit l'oreille : à part le crépitement du feu, la maison dormait silencieusement dans son manteau de brumes.

Il but une gorgée de vin et reposa sa tête lourde sur la douceur chaude du velours.

Oublier...

Il se tassa plus profondément dans la chaleur lénifiante du velours, du feu, du vin. Son esprit commençait à s'engourdir, avide du Léthé des vignes…

Oublier… Si seulement on pouvait oublier, s'alléger… mais oublier n'était-ce pas tuer une deuxième fois les défunts ?

Alors que ses muscles et ses pensées commençaient à se relâcher, il se redressa brusquement : un bruit résonnait à la porte qui donnait sur la forêt.

Il tendit à nouveau l'oreille : un grattement.

Puis, le silence à nouveau.

Son cœur se mit à battre plus fort : le grattement se fit à nouveau entendre, plus nerveux.

Il se leva : cette fois-ci, le grattement ne s'arrêtait plus. Quelque chose grattait frénétiquement à la porte !

Il chercha un objet, quelque chose pour se défendre : il s'agissait peut-être d'un animal sauvage, affamé et agressif. Il prit un balai et se dirigea vers la porte ; il cogna le manche contre la porte afin d'effrayer la bête.

Le grattement cessa.

Alors que l'étranger commençait à se reprendre, quelque chose se jeta contre la porte et gratta furieusement. L'homme fit cogner de plus belle le balai contre la porte et l'ouvrit brusquement en poussant un cri, sans trop savoir s'il visait à faire peur à l'animal ou s'il n'était destiné qu'à soulager la peur irraisonnée qui l'avait soudain étreint.

Rien.

Aucun bruit. Aucune empreinte dans la terre pourtant humide.

Posté sur le seuil de la porte, armé de son balai, il s'évertuait à scruter les ombres mouvantes de la forêt, mais les nappes de brumes dansantes comme de fantomatiques vagues l'empêchaient de voir quoi que ce fût.

Sentant l'humidité pénétrer sa veste de laine, il ferma la porte à reculons, au cas où l'animal aurait l'idée de le prendre en traître. Il jeta un œil sur son revêtement : aucune trace de griffure ! Pourtant, il était impossible de se méprendre sur la nature de ce bruit…

Circonspect, il verrouilla la porte en maudissant cette soirée décidément étrange et bien trop riche à son goût en battements de cœur convulsifs.

C'est précisément au moment où il se retourna qu'il croisa le regard de la bête.

Deux couteaux dorés qui le transpercèrent.

Là, devant lui.

Entre lui et la porte du marais, grande ouverte.

Alors qu'il commençait à peine à se libérer de l'emprise de son regard que l'animal lui tourna le dos et s'enfuit dans les brumes.

Il se précipita à la porte et la verrouilla à double tour, verrou du haut, verrou du bas.

Il se précipita sur la porte de la forêt et ferma le verrou du bas, qu'il avait négligé.

Son cœur allait exploser, sortir de sa poitrine. Il était sûr d'avoir fermé la porte du marais en rentrant, pourtant. Il se revoyait le faire.

Son regard se posa sur une chaise ; d'un bond, il la bloqua sous la poignée de la porte du marais, prit une autre chaise et fit de même avec la porte de la forêt. Comment la bête était-elle entrée ? Qui sait ce qu'elle aurait pu lui faire ? Et quels yeux…

D'autres images remontèrent soudain en lui comme les immondices d'un cloaque. Le goût métallique remonta, une suée le prit. Plié en deux, la main sur l'estomac, il se traîna jusqu'au fauteuil et but une large lampée de vin, espérant faire passer le goût écœurant qui empuantissait sa bouche.

Il passa sa main moite sur son visage glacé. Un rictus sarcastique déforma son visage : que pouvait-on bien redouter d'une bête sauvage, fût-elle la plus cruelle, quand on avait connu la barbarie des hommes ?

Chapitre 6

La Douceur fleurie des étoiles du ciel*

« The mind is its own place, and in itself can make
a heaven of hell, a hell of heaven »,
Milton

Marysabel avait mêlé sa voix
à la voix innombrable de l'océan,

elle avait uni son souffle
au souffle infini de l'océan.

La veillée s'était déroulée dans un bain d'amour. Seuls les proches avaient été conviés, les regrets hypocrites et les masques de convenance bannis. Cela avait été l'un de ces moments de communion chaleureuse, de grâce aimante qui densifiait le présent et le rendait infiniment doux et apaisant, rassérénant.

Un de ces moments qui rehaussait et remplissait, qui comblait le désir d'élévation des éternels amoureux des étoiles.

---

* Rimbaud.

Elle aimait cette définition du mot « désir » : la privation de l'étoile. C'est parce que l'Homme est amputé de son essentiel qu'il se meut vers les cieux… mais il doit d'abord s'attarder dans les profondeurs avant de pouvoir s'acheminer vers les hauteurs…

Elle contemplait le ressac de l'océan, laissait monter les vagues du souvenir.

Ibant obscuri sola sub nocte per umbram[*]: « Ils allaient, à travers l'ombre, sombres dans la nuit esseulée ».

Le cheminement ne pouvait être que vertical : les ténèbres du monde horizontal n'étaient que des reflets. Il fallait traverser le miroir de soi-même et descendre dans les profondeurs de son être, à l'omphalos de son histoire personnelle, sentir les puanteurs des lacs miasmatiques, traverser la forêt torturée de ses désirs, mesurer le gouffre abyssal de ses peurs pour parvenir à son cœur, à la mémoire, transmise en héritage.

Puis, remonter et renoncer à l'enfance, *infans* - la privation de la parole, au profit de la capacité de conscience à être et à exprimer son être.

Acceptation et renoncement.

Pour *être*.
Non pas l'auxiliaire, mais le verbe plein.

---

* *in* Virgile, *L'Énéide*, VI, traduction personnelle.

Car au commencement fut le verbe
Au commencement
fut l'unité.

La naissance n'était qu'un cri, un balbutiement de langage, une ébauche d'être. Il fallait un séjour parmi les morts qui peuplent et portent la mémoire, car il fallait oublier pour se remémorer, il fallait mourir à l'image de soi pour renaître à son essence, pleinement, et être. Enfin.

Il fallait alors quitter les borborygmes de l'enfance de l'être et, à son tour, faire naître du verbe sa propre lumière.

Après tant d'épreuves, après un si long oubli, elle commençait
à comprendre,
à entrevoir la voie,
à renaître à sa propre voix.

Elle avait pris son téléphone et avait accepté l'offre qu'un ami lui avait faite quelques jours plus tôt: elle quittait son ancienne vie pour se rapprocher de sa nature profonde, qui l'appelait depuis si longtemps aux retrouvailles.

Elle revenait en Bretagne.

Elle revenait là où tout avait commencé.

À ce moment-là, à cet endroit précis, elle comprit que ce chemin, qui lui avait parfois semblé erratique, était le chemin.

En repensant aux circonstances qui l'avaient ramenée à An Istreg, pour la première fois de sa vie, elle se sentit à sa place.

Elle entendait sa voix

Elle écoutait sa voix

Elle prenait la voie

De l'unité.

Chapitre 7

Le Naufragé des brumes

« Le chaos est l'époux lascif de l'infini »,
Hugo

Une douleur à la nuque et aux jambes le ramena peu à peu à lui : il s'était assoupi sur le sofa, recroquevillé. Il se redressa lentement, courbaturé et grelottant, passa sa main sur son visage froid, sur ses yeux las : le feu de cheminée s'était éteint et l'humidité du petit jour saisissait. Il se leva péniblement, s'enroula dans le plaid posé sur le fauteuil d'à côté et alla dans la cuisine préparer un café bien chaud et revigorant.

Appuyé contre l'évier, chaudement emmitouflé, il regardait par la fenêtre qui donnait sur la forêt ; les effluves chaleureux et rassurants du café qui se préparait tranchaient avec l'immobilité glaciale d'une végétation prisonnière d'un sommeil de givre. Des nappes de brouillard traversaient lentement le paysage, seul élément mobile, ersatz de vie.

Il réchauffa ses mains au contact de la tasse brûlante, approcha précautionneusement ses lèvres et savoura le lacet de feu qui se déroula dans son corps transi. Ses yeux se posèrent de nouveau sur la gangue de givre qui emprisonnait l'espace de son monde dans une mélancolie silencieuse.

Comme piqué par un invisible aiguillon, il se redressa, saisi d'une énergie nouvelle : il posa la tasse et laissa le plaid sur le dos d'une chaise en se dirigeant vers la salle-de-bains.

Des volutes moites et chaudes s'échappèrent bientôt de la douche, fragiles exhalaisons partant à la conquête éphémère du monde tangible. Le contact cristallin de l'eau sur la faïence se mêlait à son souffle rauque : l'eau était brûlante, elle engourdissait délicieusement sa peau, la recouvrait d'une exquise pellicule de chaleur. Sa peau se colorait lentement d'un rouge qui laissait apparaître plus nettement les zébrures blanches qui couraient sur son dos et ses bras,

lignes d'une ancienne vie,

lignes d'un cœur mort.

Il fila dans sa chambre, mit des vêtements chauds et de bonnes chaussures. Il délaissa son manteau de laine de la veille au profit d'une doudoune, prit son bonnet et des gants, ainsi que son lecteur mp3. D'habitude, il ne trouvait aucun intérêt à écouter de la musique en marchant en pleine nature : il aimait au contraire surprendre ses respirations, la caresse du vent dans les herbes et les feuilles, le chant des oiseaux, le calme régénérant d'un environnement sans trace humaine. Mais il avait besoin de vie, de rythme : il lui fallait conjurer le silence de mort du linceul hivernal.

Il claqua bruyamment la porte en sortant et s'amusa de sa puérile bravade à la nature.

Ce n'était pas elle, l'ennemi. Il le savait bien.

Depuis son arrivée récente sur la commune de Brennilis, il se sentait irrésistiblement attiré par la chapelle édifiée au sommet de la colline voisine : il se mit en marche.

Après avoir franchi la forêt dissimulée sous un rideau de brume, il traversa une lande désolée. La roche noire qui affleurait, comme un chaos de pierre surgissant par endroit, s'auréolait d'une herbe rase et jaunâtre : on eût dit que la terre portait la mémoire d'un cataclysme, d'un colossal incendie ou d'une pluie de feu. Au bout de trois quart d'heure d'une marche intensive, il arriva en haut de la dernière marche creusée à même la roche, sur le flanc de la « montagne » bretonne.

Il avait remarqué, au cours de sa montée, les nappes de brouillard agrippées, déchirées par les griffes acérées du schiste, comme projetées violemment hors du sol dans un mouvement de colère vers les cieux ; des guenilles de brume, des oripeaux de poudre de pluie demeuraient attachés à la poigne minérale, vestiges d'une tentative de rébellion titanesque qui avait laissé la terre exsangue, ravagée, moribonde, bien plus encore qu'en bas.

Il ne s'attendait toutefois pas au spectacle qui l'attendait.

Arrivé tout en haut, il se crut échoué sur un îlot perdu au beau milieu d'un océan de brume.

Il pivota : de tous côtés, un voile nuageux et mobile comme les flots ; de-ci, de-là, les sommets des Monts d'Arrée comme l'archipel onirique d'une mer de nuages.

Il s'était échoué au beau milieu d'un archipel de brumes.

Le troisième mouvement des *Miroirs* de Ravel dans les écouteurs… moment de grâce et de perfection inouï… sentiment d'un présent délicieusement étendu… sensation d'être suspendu, léger comme une plume, dans un espace éthéré et serein…

Se sentir pleinement au monde.

Un monde libéré des hommes.

Ou presque.

Il s'avança vers l'église. Il comprenait que les hommes de foi aient ressenti le besoin de marquer le sol de ce symbole, signifiant ainsi un seuil de communication, un passage entre le monde d'en haut et le monde d'en bas. Mais simultanément une rancœur déforma douloureusement ses lèvres : au nom d'un être unique, omnipotent, l'Homme avait rompu l'harmonie parfaite du lieu, il avait rompu les épousailles de la terre, de l'eau, du ciel et de l'air en marquant de son sceau destructeur sa présence intrusive, impérialiste.

L'Homme ne savait que détruire,

torturer.

L'Homme ne savait qu'anéantir,

souiller.

Et partout l'engeance maudite traînait avec elle son châtiment : où qu'elle aille, elle ne pouvait fuir le spectacle de sa race.

Nul Salut.

L'humanité était condamnée à errer
sans nul espoir d'échapper à elle-même.
Il était condamné à errer
sans nul espoir d'échapper à lui-même.

Oh, embrace another fall
My year is worn and cold
To you I bare my soul
My summer's almost gone

Le galop régulier et hypnotique des percussions résonnait désormais dans ses tympans, dans ses tempes, au rythme des battements de son cœur

arraché,
piétiné,
morcelé,
là-bas.

Le rythme

des battements de son cœur

dans l'ailleurs de l'indicible

Là-bas.

Les *riffs* de guitare hurlaient sa souffrance aphasique.

Et le galop parcourait le monde de sa douleur, chevaux noirs de sa souffrance, poursuivis par l'invisible, poursuivant ce qui n'est plus.

Et le galop traversait le paysage en ruines de ses rêves, fuyant la vague opacifiante qui engloutissait les couleurs de sa mémoire.

Et le galop poursuivait sa course folle, le cœur
battant au rythme des sabots
cognant sur la roche bleue
dans le bleu de la colère du ciel.

Ombres noires

déchirant le ciel orageux

Silhouettes fuyantes

aux hurlements silencieux

Tout entières absorbées

dans le rythme du galop

Tout entières absorbées

dans la plainte déchirante

du monde.

Et les cordes dispersaient des sanglots invisibles sur la plaine désolée de son cœur.

Et l'univers s'étendait au chant guerrier de sa douleur.

Et…

Une main sur son épaule le fit sursauter. Une main prolongée par un sourire doux, éclairé d'un regard doré. Il ôta ses écouteurs :

—Tout va bien ?

Devant son mutisme étonné, le sourire doré reprit :

— J'ai eu peur que vous fassiez un malaise.

Il réalisa que, lorsque la main s'était posée sur son épaule, il était accroupi, recroquevillé sur lui-même. Encore. Cela lui arrivait régulièrement depuis trois ans. Et de plus en plus fréquemment à mesure que la date approchait.

Il se releva :

— Merci, tout va bien, répondit-il un peu confus d'avoir été ainsi surpris.

Elle s'apprêtait à repartir avec son sourire doré quand il la retint soudain, lui-même surpris par son geste :

— Vous savez comment s'appelle cette chapelle ?

— Saint-Michel.

Il regarda l'édifice : il était beau et poétique dans l'énigme des brumes. Il regrettait ses pensées acerbes, déplacées en ce lieu paisible.

Il se retourna vers elle, mais ne vit que l'espace onirique d'un archipel de brumes : elle avait disparu dans le secret des nuées.

Chapitre 8

La Nuit des étoiles

« La nékuïa n'est pas la chute
sans but dans l'abîme [...].
Son objet est la restauration
de l'Homme »,
Jung

Le nouveau chemin qu'elle avait décidé de prendre l'écartait pour un temps de l'étreinte de l'océan : l'ami qui lui avait proposé de le remplacer s'apprêtait à devenir grand-père pour la première fois et partait rejoindre sa fille dans le Sud pour l'heureux événement. C'est ainsi que, quittant pour un temps l'enclos protecteur des bras de la Ria d'Étel, elle se retrouvait dans les paysages austères des Monts d'Arrée.

Le territoire de l'Ankou, « l'ouvrier de la mort », disaient les Anciens.

La voiture arrêtée à un passage à niveau, elle avait laissé son esprit vagabonder le long des rails.

Une fois de plus depuis son retour sur les terres de ses racines celtes, à des encablures de sa Méditerranée d'adoption et de son berceau bourguignon, les souvenirs remontaient en elle.

Dans le chaos de son for intérieur, parmi les ténèbres de ses pensées, un chemin de lumière, dont elle avait perdu la trace et le souvenir même, remontait peu à peu à sa conscience, dessinait le lien qui reliait les épreuves traversées et éclairait la signifiance des signes qui lui avaient été envoyés.

Elle continuait de donner sens au passé ; elle comprenait que son errance apparente était itinérance.

Elle continuait de recouvrer peu à peu la perception de l'invisible lien, la sente lumineuse des réminiscences qui relient,

le chemin

qui unit.

La lumière

ne peut naître que de

l'obscurité.

« Ah ! Bienvenue à notre nouvelle conteuse ! ». Armelle, l'épouse de Pierre-Yves, l'embrassa chaleureusement et la pria d'entrer au chaud. Une trentaine de convives étaient présents. Tout le monde accueillit l'étrangère avec bienveillance et convivialité : on était heureux de voir une nouvelle tête. Et un peu curieux aussi.

Pierre-Yves fit tinter un couteau contre une bouteille de cidre et le monde se tut :

— Mes amis, remplissons nos bolées et réjouissons-nous d'être à nouveau réunis, le temps de deux veillées, pour fêter Samain !

Sous un brouhaha chaleureux, le cidre remplit les bolées. Les parents et les enfants s'installèrent sur le tapis et les coussins de sol, les plus vénérables sur le canapé et les chaises, tout le monde autour d'un fauteuil installé à côté de la cheminée. Un fauteuil vide.

Pierre-Yves éteignit la lumière : le silence se fit. Seul résonnait dans la pièce le crépitement lumineux de la cheminée.

Puis, un bruit mat résonna, régulier, mais lointain. Il se rapprochait... Les enfants accueillirent d'un cri de surprise étouffé la canne sculptée qui s'avançait jusqu'au fauteuil. Les regards scrutaient le bois et se perdaient dans le lacis des lignes sculptées, glyphes mystérieux et sacrés. Les veines noueuses de l'arbre dessinaient des entrelacs puissants sertis de motifs végétaux, d'oiseaux et d'insectes sculptés, mémoire mythique du règne des arbres.

Elle prit place.

Elle attendit que les esprits fussent entièrement tournés vers ses lèvres.

Elle attendit qu'ils s'unissent dans le désir d'écouter une fantaisie de Bretagne, hors du temps, hors du monde.

Ainsi commença le premier conte de Samain…

Chapitre 9

La Saison sombre

« Dieu est aux aguets dans les pulsations obscures des chrysalides »,
Jérôme Ferrari

Il observait à l'écart les invités lui parler ; ils étaient encore sous le charme de l'incantation, pris dans un songe étourdissant pour les uns, étrangement animés pour les autres, tous ensorcelés par les mots de la conteuse, par leur rythme, par sa voix.

La voix qu'il avait entendue devant la chapelle Saint-Michel, ce matin-même.

C'était donc elle, la conteuse…

Son regard rencontra soudain le sourire doré, avant qu'il ne fût de nouveau happé par l'un des invités. Il lui parlerait plus tard. Sans trop savoir de quoi. Mais il en éprouvait le désir. Le désir d'entendre son sourire.

— Alors, notre nouveau concitoyen a-t-il apprécié sa première veillée en terres bretonnes ?
Le maire le sortit de ses songes avec sa bonhomie habituelle. Il lui répondit dans un discret sourire,

esquisse dont il ne se pensait plus capable depuis des années :

— J'ai découvert un nouveau monde grâce à vous ! Un monde fascinant…

— Vous m'en voyez ravi, quoique je n'y sois pas pour grand-chose…

— Au contraire, Pierre-Yves : vous m'avez invité et je souhaite vous remercier de votre chaleureux accueil depuis mon arrivée à Brennilis. Merci, dit-il au maire en lui serrant la main.

— Allons, rien de plus normal, mon ami, répondit Pierre-Yves en posant une main puissante et bienveillante sur son épaule.

— Je me demandais… cette veillée est un rendez-vous annuel, c'est ça ?

— Oui, en effet ! Nous fêtons Samain, l'entrée dans la saison sombre. Le calendrier celte compte deux saisons : la saison claire - le printemps et l'été - et la saison sombre, dont le début correspond à la Toussaint. Et à Halloween, ajouta-t-il malicieusement. Comme vous le savez, avant d'avoir été rendue célèbre par les films américains, Halloween est une fête celte, païenne, qui célèbre le passage entre deux saisons, mais aussi entre deux mondes.

— Le monde des vivants et celui des morts, si je me base sur le *dress code* d'Halloween ?

— C'est ça ! Hé hé ! La tradition veut que pendant six jours, trois jours avant, trois jours après Samain, nous fêtions ce passage en nous réunissant autour d'un feu, d'un repas et d'histoires. Dans notre monde moderne, se réunir six soirs consécutifs est assez contraignant ; jadis, l'arrivée de la saison sombre signifiait le suspend du labeur, l'hibernation des corps. Aussi avons-nous réduit nos veillées à deux, les deux nuits qui précèdent le 1er novembre. Nous laissons les Chrétiens prendre le relais. Un terrain d'entente que l'on ne trouve pas toujours dans les contes, manifestement !

L'étranger sourit de l'allusion au récit de la conteuse.

— J'espère que vous serez là encore demain, ajouta Armelle, en enlaçant la taille de son mari.

Il surprit avec émotion leur geste tendre et complice, une légère piqûre au cœur.

— Puisque vous avez la gentillesse de m'inviter…

— Mais vous devez savoir que…

— Armelle, je ne sais pas si…

— Tatatata !

Pierre-Yves fit un clin d'œil à l'étranger :

— Quand la patronne a décidé…

— … elle le fait ! l'interrompit-elle avec malice. Vous devez savoir que Samain est une période particulière… très particulière… et… hum… évitez de sortir la nuit, seul. Surtout autour du marais ou de la forêt…

— Ah oui, je vois, répondit l'étranger, croyant à une plaisanterie : la porte des enfers !

— Oui… reprit Armelle en fichant son regard dans le sien.

Puis, après un silence :

— Le Youdig, la porte des enfers qui se trouve au cœur du marais, s'ouvre, dit-on, à Samain.

— *Damned* ! me voilà en fort mauvaise posture, donc ! persifla l'étranger. Moi qui n'aie ni ail ni croix…

Le visage d'Armelle se crispa tandis que Pierre-Yves baissait les yeux. La voix du maire scanda, en un murmure :

— Vous savez ce que l'on dit : il y a toujours un fond de vérité dans les légendes. Vous devriez… vous devriez faire attention. Évitez de vous aventurer seul, la nuit, aux abords du marais et de la forêt.

« Pour ne pas être happé par les âmes perdues du conte de ce soir ? », pensa-t-il pour conjurer la gravité soudaine du couple et ces images de chasse à courre nocturne, de course de damnés.

Une tension mystérieuse commençait à le mettre mal à l'aise et il ressentait le besoin de remettre les choses à leur place : superstitions ridicules d'un autre temps, peurs primaires et dérisoires !

Armelle et Pierre-Yves lui jetèrent un regard intense :

— Vous n'avez pas idée de ce qui peut se passer les nuits d'hiver, dans une région aussi isolée.

Après un nouveau silence :

— Vous n'en avez aucune idée.

Il les regarda glisser vers les autres invités, chaleureux et bonhommes, mais la volte-face n'avait pas apaisé l'empreinte brûlante que leur regard avait laissée sur sa rétine. Il repensa à la soirée d'hier, au regard étrange et pesant des trois sœurs, aux angoisses puériles qu'il avait éprouvées sur le chemin du retour… à la bête aux yeux dorés… avait-il alors rêvé ? Était-il ivre de Margaux ? Une chose était certaine : quand il s'était réveillé, la chaise se trouvait bien contre la poignée de la porte du marais.

Bah ! Il projetait sans doute sur les autres sa propre anxiété et son mal-à-l'aise. Phénomène classique de confusion entre son regard et celui de l'autre. Et puis, il était l'étranger : normal qu'on le regarde d'un air singulier.

Rien de plus.

Il chercha des yeux la conteuse : on était toujours autour d'elle à bavarder. Dommage. Quelque chose en elle l'apaisait. Il trouverait bien l'occasion de lui parler le lendemain soir, pour la seconde veillée. Il alla chercher ses affaires et sortit, les dernières paroles du maire et de sa femme en tête, hanté par leur regard.

L'humidité glaciale le saisit. L'habitacle de la voiture le protégerait au moins de la morsure du vent.

Une vraie nuit d'hiver.

Un vrai temps de Toussaint.

Il n'avait pas beaucoup de route à faire. Aussi arriva-t-il rapidement à l'orée du bois. « Évitez la forêt », lui avait conseillé Armelle. Il ralentit : biche, cerf, sanglier pouvait sans doute traverser d'un instant à l'autre. Sans doute était-ce le sens de son avertissement.

Darkness, darkness be my pillow
Take my hand and let me sleep
In the coolness of your shadow
In the silence of your deep

Un sourire ironique se dessina sur son visage : l'aléatoire de la playlist s'harmonisait merveilleusement à l'ambiance macabre de cette première soirée de Samain.

Darkness, darkness hide my yearning
For the things I cannot see
Keep my mind from constant turning
To the things I cannot be

La voix de Robert Plant se déroulait, à la fois chaude et mélancolique…

« Évitez la forêt ».

Darkness, darkness be my blanket
Cover me with this endless night
Take away, oh, this pain of knowing
Fill this emptiness with light
Emptiness with light now

Il freina brutalement : les yeux dorés.

Les yeux dorés le fixaient, au milieu de la route.

Les yeux dorés qui absorbaient la lumière des phares.

Darkness, darkness long and lonesome
Is the day that brings me here
I have found the edge of sadness
I have known the depths of fear

Les yeux dorés aux hautes oreilles dressées dans l'énigme de la nuit.

Une créature de songe lovée dans le manteau de ténèbres de son obscure divinité.

Darkness, darkness be my blanket
Cover me with the endless night
Take away, oh, this pain of knowing
Fill this emptiness with light now
Emptiness with light now, now

Les yeux dorés s'avancèrent.

Lentement.

Pattes de velours,

démarche féline,

rythme subjuguant.

Darkness, darkness be my pillow
Take my hand and let me sleep

D'un bond, les yeux dorés sautèrent sur le capot où ils se couchèrent.

In the coolness of your shadow
In the silence of your deep
In the silence of your deep
*In the, oh, oh, hey, yeah, oh, yeah**

---

*Ténèbres, ténèbres, soyez mon oreiller/ Prenez ma main et laissez-moi dormir/ Dans la froideur de votre ombre/ Dans le silence de votre abîme/ Ténèbres, ténèbres, cachez mon désir/ Des choses que je ne peux pas voir/ Éloignez mon esprit de ma constante attirance/ Pour les choses que je ne peux pas être/ Ténèbres, ténèbres, soyez ma couverture/ Recouvrez-moi de cette nuit sans fin/ Prenez avec vous cette douloureuse lucidité/ Remplissez ce vide de lumière/ Le vide de lumière maintenant/ Ténèbres, ténèbres, long et solitaire/ Le jour qui m'a conduit jusqu'ici/ J'ai atteint le

D'un bond, les yeux dorés disparurent dans l'éclipse de ses paupières.

Nuit

reprit la Bête

en son sein.

---

rivage de la tristesse/ J'ai sondé les abysses de la peur, Robert Plant, « Darkness, darkness », Jesse Collin Young (trad. personnelle), in *Dreamland.*

Chapitre 10

L'Échine du dragon

« Ceux qui errent ne sont
pas toujours perdus »,
Tolkien

Les écailles de schiste bleutées, acérées, dessinaient une courbe serpentine avant de disparaître dans le relief roussi.

— Montez sur le rocher qui est à votre droite et regardez.

Il se retourna : elle n'avait d'yeux que pour l'ondulation coutelée de la roche.

— Regardez de l'autre côté, précisa-t-elle, là encore sans lui jeter un seul coup d'œil. À quoi ces affleurements rocheux vous font-ils penser, si vous laissez gambader votre imagination dans les landes d'Armorique ?

Il pivota à nouveau, scrutant à son tour le paysage rocheux.

— À une échine de dragon, répondit-il après réflexion et piqué au jeu.

— Joli ! fit-elle d'un ton joueur. Vous apprenez à voir…

— C'est peut-être le dragon terrassé par Saint-Michel, comme dans votre conte d'hier soir reprit-il, encouragé.

— Peut-être… La légende dit que le Mont Saint-Michel, le Normand cette fois, a été construit pour célébrer la victoire de l'Archange sur Satan. Et si vous venez le soir, ou tôt le matin, en été, vous verrez que la couleur sanguine du Roc'h Ruz, point culminant de la Bretagne, semble bel et bien porter l'empreinte indélébile d'un terrible et sanglant combat.

Il se retourna vers elle, souriant des lèvres et des yeux :

— On fait un bout de chemin ensemble ?

— Avec plaisir…

Ils quittèrent le promontoire rocheux et reprirent le chemin des crêtes, en direction de Brasparts et de la chapelle de l'Archange.

Il la regardait silencieusement marcher à ses côtés ; elle semblait détachée, étrangère aux contingences des hommes, à la fois évanescence et évidence.

C'était sans doute cela qui lui faisait ressentir ce bien-être à ses côtés : son détachement, une légèreté qui n'était pas superficialité.

Ses paroles ne suscitaient aucune impression de pesanteur, mais de profondeur. Elle lançait les mots comme on lance des pierres dans un gouffre pour le sonder : l'esprit, les sens étaient tout entier absorbés dans l'attente de leur écho, dans l'attente du contact, de l'invisible connexion.

Liaison inintelligible mais sensible, irrationnelle mais évidente.

Son regard se détacha de la silhouette légère, épousant les errances serpentines du lacet minéral :
— J'ai été captivé par votre conte. Par votre voix... ensorcelante... et par la douloureuse force de la fable.
Elle se tourna vers lui, sans mot dire, avant d'éclairer de son sourire le sentier bleu dansant en circonvolutions dans les herbes jaunies, qui bruissaient d'aise sous la caresse gantée de gel du vent.
— Qu'est-ce qui vous a donné envie de devenir conteuse ? reprit-il.
— C'est une orientation récente… Les mots, bien sûr. Le plaisir qu'ils procurent, quand ils murmurent à nos oreilles, quand ils dansent sur la langue, lorsqu'ils peignent un paysage, un portrait qui apparaît soudain sous nos yeux, ou lorsqu'ils décrivent un repas, une boisson, un baiser, une caresse, que l'on ressent sur nos papilles, sur notre peau, à leur simple profération, par le truchement de leurs sons et de leurs sens. La magie des mots, en somme, leur pouvoir à créer des mondes, à faire vivre mille vies, par l'esprit et par le corps, puisqu'ils parlent à l'être tout entier.
— Et puis, aussi, reprit-elle après un silence mesuré, parce que les mots donnent sens au monde. Ils ne permettent pas d'échapper au monde, mais au contraire de le vivre pleinement, de densifier l'instant, d'intensifier l'instinct du présent.
— Le sens *artificiel* que les mots donnent au monde ?
— Les mots ordonnent, ils créent des mondes qui ont un sens. Voilà pour les histoires, les contes et les

légendes. Maintenant, concernant le langage du quotidien, il est vrai qu'il divise plus qu'il ne lie et relie. Il est trop imparfait. Il est humain. Mais… parfois les mots, leur musique et leur rythme surtout, silhouettent une forme, une lumière, profondément enfouies… une évidence qui refait surface avant de disparaître de nouveau… Est-ce donner sens à un monde qui en serait intrinsèquement dépourvu ? Les mots comblent-ils un vide, posent-ils pudiquement un voile d'illusion sur le néant vertigineux de nos vies ? Ou les mots révèlent-ils le sens caché du monde, un sens qui ne serait visible qu'à ceux qui savent voir ? C'est affaire de foi, je crois… pas de croyance, mais d'évidence.

Après un silence, elle ajouta :

— Tu penses que le monde n'a pas de sens ?

Il sourit subrepticement au tutoiement. Puis, les mots mats et tranchants glissèrent de ses lèvres lasses :

— Je croyais qu'il en avait un.

Tous deux marchaient dans le silence de schiste des crêtes hivernales.

— Tu es donc devenue conteuse pour transmettre la magie des mots ?

Le regard doré suivait le lacet bleuté qui courait dans la lande rase :

— Oui. Et pour transmettre la magie du monde. Pour créer du sens là où il semble ne pas en avoir. Là où il n'y en a plus. Et pour ne pas mourir de cette vérité.

Le vent tourbillonnait dans le silence de leurs voix.

— « La magie du monde » ? La magie n'est qu'illusion…

— Hérétique ! Douter de la magie en terres celtes : prends garde aux korrigans et à leurs sœurs fées, répliqua-t-elle, faussement indignée.

Ils échangèrent un regard complice.

— La magie existe parce que l'on y croit. La beauté surgit, évidente, aveuglante, quand on veut la voir. À force de danser sur la crête du volcan, on finit tôt ou tard par sentir le sol se dérober sous ses pieds ; on glisse dans une chute continue jusque dans l'orbe dévorateur de son néant de feu. Mais on peut choisir de choir de l'autre côté… Choisir de croire que le langage est une cosmétique du mensonge ou un révélateur des vérités cachées, c'est finalement choisir de quel côté de la pente du volcan on a envie d'esquisser des pas de danse… côté *caldera*, on sait pertinemment que l'on finira, assez vite, par danser le tango avec le diable ; pour autant, il ne faut pas s'attendre à un *slow* reposant de l'autre côté : la pente est tout aussi escarpée et le sol brûlant sous les pieds. Mais, de ce côté-ci, délesté de la menace imminente d'une mort infernale, l'esprit a le temps de quelques valses, de quelques *twists* et autres entrechats qui lui font voir le paysage sous d'autres angles, des angles complémentaires, qui enrichissent sa perception du paysage alentour, qui agrandissent son regard. Disons que je préfère encore l'aveuglement pour mieux apprendre à voir, plutôt que la révélation suivie d'une immédiate désintégration dans l'œil de feu… parce que, lorsque l'on a appris à voir, le volcan n'est plus ce qu'il paraissait être. Il est.

Ils parlèrent longuement, paisiblement.

Ils se turent longuement, délicieux silences partagés.

Il surprit son rire se mêler au sien.

Il lui semblait ne pas avoir ri depuis une éternité, il lui semblait que son rire appartenait à une autre vie.

Il se sentait bien à marcher ainsi en sa compagnie, il était heureux de ces échanges complices, de ces goûts partagés, heureux de tout ce qui le reliait à elle ; il se sentait plein de l'instant, plein de corps et d'esprit dans le présent et dans l'espace de leur balade sur la crête minérale des nuages.

Savourant l'étendue balsamique du moment, il se taisait, absorbé par le bruit de leurs pas sur le chemin granitique, par le souffle du vent dans ses longs cheveux aux reflets cuivrés, par le camaïeu ardoise du sol et du ciel, déchiré par le jaune pailleux de l'herbe et les nuages blanchâtres, comme peints au couteau ; il se laissait absorber tout entier dans et par l'instant.

Il finit par reprendre :

— Je ne connais pas la légende que tu as rapportée hier, mais je doute que tu aies été fidèle à l'esprit du récit initial. Je me trompe ?

— Oui, en effet, répondit-elle en riant. Je confesse mes péchés de détournement de légendes, mon frère. Disons que c'est comme pour les paysages : il suffit de changer de point de vue, parfois de manière infime, pour voir le monde différemment. C'est ce qui m'intéresse : regarder et montrer le monde sous un

autre angle. Et parfois, le sens et la beauté surgissent. Ou du moins des fragments.
— Quand on veut voir le monde différemment, c'est que l'on a si bien regardé sa réalité qu'on a failli en perdre le goût de voir, murmura-t-il soudain.
— Et le goût de vivre. Or ce qu'il faut préserver, toujours, c'est le goût de vivre.

Puis, après un nouveau silence, elle ajouta :
— Il y a des choses qu'un être humain ne sait pas voir ; il y a des choses qu'il ne devrait jamais voir.

Ses mots le frappèrent comme un coup de poing dans l'estomac, lui empoignèrent le cœur comme des serres leur proie. Le sang battait dans ses tempes.
— Mais, reprit-elle, ceux qui sont atteints de cécité après avoir vu ce qui n'est pas tolérable à l'œil humain possèdent dès lors une vision accrue, poursuivit-elle. Ils voient ce qui est invisible pour les autres. Ils voient ce qui est, non ce qui semble être. Les ténèbres *semblent être* un écran inaltérable, une prison dont on ne peut sortir. Mais la lumière est bien plus puissante. Parce qu'elle *est*, elle. Et elle seule.

Il n'entendit pas ses dernières paroles. Le goût métallique était remonté jusqu'à ses lèvres, l'obscurité s'était rabattue sur ses yeux. Il y avait en effet des choses qu'un être humain ne devrait pas voir.

Il les avait vues.

Et ce dont il était convaincu, c'était qu'aucun dragon, fût-il le diable en personne, ne pouvait être aussi laid et terrifiant que ne l’était le cœur des hommes.

Chapitre 11

Noce de pierres

« Absorbé dans son ivresse, il danse, [...]
Sur le battement d'un cœur secret,
qui rêve l'univers.

Le danseur danse au plus obscur de tes os,
il danse ta chute ou ton envol.
Puis, il cueille, sur ta chair offerte,
une fleur de soleil.

Sa vitesse est si prodigieuse
qu'il semble presque
Immobile.
Au-delà du temps, il veille. »,
Arthur H

Ils continuèrent leur marche silencieuse.

L'écharpe de ses cauchemars s'envola bientôt sur la bise des sommets.

Le lacet de pierre traversait la lande roussie, d'un relief à l'autre. Surgissaient parfois des écailles de granite, fichées çà et là, incongrues, vestiges des temps immémoriaux.

Le ciel était bas, opaque, pesant.

Leur silhouette sombre, courbée par un invisible poids, traversait l'ardoise du ciel, qui irradiait d'une lumière douloureuse. Ils semblaient les souvenirs mobiles d'une humanité disparue après un terrible cataclysme, dont la terre mutilée porterait à jamais les stigmates et le ciel la mémoire blessée.

Ils finirent par arriver à un ensemble mégalithique, constitué d'une vingtaine de menhirs :
— Voici l'*Eured Veign*, « la noce de pierre ».
— Après le festin de pierre, la noce de pierre…
— Tu ne crois pas si bien dire : dans les deux cas, le plaisir sacrilège a été puni par la pétrification et par l'enfer...

L'étranger jeta un œil interrogatif à la conteuse, tandis qu'il s'approchait des petits menhirs :
— Les Bretons aiment danser, reprit la conteuse en longeant les pierres dressées. De nombreuses légendes relatent le goût immodéré des korrigans et des femmes pour la danse et il suffit de voir le succès des *festoù-noz* pour se convaincre de son importance dans la culture bretonne. Un mariage était l'occasion rêvée de danser des heures et des jours. Ma mère m'a raconté ainsi que lorsqu'elle était enfant, à Landévant, un bourg du Morbihan, tout le monde, noceurs et villageois, descendait dans la rue principale, vêtu du velours noir brodé typique de Bretagne, des chapeaux de feutre pour les hommes et des coiffes de dentelle pour les femmes, et tout le monde, villageois et noceurs, dansait, dansait, riait et dansait jusqu'à épuisement. Les noces duraient trois jours et trois nuits. Trois *festoù-deiz*, trois *festoù-noz*. Bombardes et bignous allaient chercher la promise chez ses

parents ; on lui chantait « l'air à faire pleurer la mariée », qui décrivait les épreuves de la vie maritale, en premier lieu celle de la nuit de noce, on imagine bien, et la compagnie grossissait au fur et à mesure qu'elle traversait le village et approchait de l'église. Les cantiques remplaçaient les instruments du démon, qui reprenaient aussitôt leur air endiablé, une fois la cérémonie finie. Et l'on repartait ainsi jusqu'au lieu du banquet. Pour les noces les plus riches, tréteaux et bancs attendaient les convives ; mais on était bien souvent pauvre en Bretagne, aussi creusait-on des tranchées pour y mettre les jambes et mangeait-on à même le sol sur des nappes disposées sur l'herbe d'un pré. Pendant ces trois jours et ces trois nuits, on mangeait, on bavardait, on riait, mais surtout on dansait. On dansait au rythme des bombardes et des bignous. On dansait dans les rues, le long des routes. On dansait et on dansait. Et l'on dansa tant et si bien qu'on n'entendit à peine le recteur de Brasparts et son aide, un maigrelet enfant de chœur, crier qu'on les laissât passer pour donner les derniers sacrements à un mourant du village d'à côté. On dansait et on dansait et la voix du recteur se perdait dans les notes endiablées du bignou et de la bombarde. On dansait et on dansait et l'on ne sentait pas le recteur et l'enfant de chœur jouer des coudes pour passer. On dansa et on dansa tant et si bien qu'on n'entendit pas le recteur menacer la noce d'un châtiment divin. Le recteur et l'enfant durent ainsi prendre un détour, dans la lande rousse, la nuit, en hiver, au risque de se faire happer par les créatures du diable, les korrigans ou les lavandières de nuit, au risque de rencontrer une *mesnie hellequin** ou l'Ankou, l'ouvrier de la mort, le pourvoyeur des corps. Car les Monts d'Arrée sont le royaume de l'Ankou. Qui entend le cliquetis des roues usées d'une vielle charrette, passé minuit, doit s'attendre à voir la silhouette étique d'un vieillard aux longs cheveux blancs, dont le visage est dissimulé sous le feutre de son chapeau noir à large bord, et celui-là saura que sa fin ou celle d'un proche est imminente, car nul homme ne peut voir un tel intersigne sans passer dans les jours prochains de vie à trépas. Et ainsi maugréait le recteur, suivi de l'enfant terrifié ; ainsi traversaient-ils la lande maudite, par une nuit d'hiver, priant le *douè beniguet* de les protéger du Malin ; ainsi maudissait-il les vingt noceurs possédés par le démon de la danse, qui leur avaient barré la route et les avaient empêchés de rendre les derniers sacrements. Car, lorsqu'ils arrivèrent au chevet du mourant, celui-ci avait déjà trépassé, sans recevoir la bénédiction ultime, et son âme était perdue pour Dieu. Le lendemain, qui marquait la fin de la noce, on chercha les vingt amis partout. Nulle part on ne les trouva. Le recteur comprit alors quel châtiment Dieu avait ménagé à ces possédés et il ne manqua pas de le relater le dimanche suivant, ne désespérant pas d'extirper un jour du corps de ces satanés bretons le démon de la danse.

— Eh bien ! Je m'en souviendrai si je croise un prêtre et que me vient une irrésistible envie de danser…

— Oui, évite les déhanchés chamaniques, ne tente pas le diable… ni les fées !

* Chasse à courre nocturne de fantômes, âmes en peine et autres esprits malins.

Il sourit en la regardant se diriger vers sa voiture, qui l'attendait sur le parking qui se trouvait en contrebas de la chapelle Saint-Michel :
— Je t'emmène quelque part ? demanda-t-elle.
— Eh bien… si tu peux me rapprocher de Brennilis...
— Monte !

Il s'installa à ses côtés. Elle allait tourner la clef de contact quand il se tourna vers elle. Elle arrêta son geste :
— Toi qui connais bien le coin, tu… tu as entendu parler de loups ou de chiens sauvages ?
— Il y avait jadis des loups, bien sûr, mais ils ont disparu il y a une centaine d'années. Quant aux chiens sauvages… tu as vu quelque chose ?

Il hésita avant de répondre :
— Eh bien… ça fait deux soirs que je vois… un grand chien noir. Un grand chien noir aux yeux dorés, ajouta-t-il.

Lorsque ses yeux se posèrent sur elle, il remarqua que les traits de son visage étaient plus contractés :
— Ça te dit quelque chose ? Il est dangereux ?
— Où l'as-tu vu ? Aux alentours des marais ?
— Oui ! Tu en as déjà entendu parler ?
Il voyait à son regard qu'elle savait quelque chose. Il passa ses mains moites sur ses cuisses, les yeux baissés, gêné :
— C'est stupide, je sais, mais je… je commençais à me poser des questions sur ma santé mentale, en fait, plaisanta-t-il. À force de nuit, de brumes, de contes, je me demandais si je rêvais.

Elle demeurait silencieuse.

Il se tourna de nouveau vers elle, l'air interrogateur. Elle le regarda longuement avant de briser le silence :
— Où habites-tu ?
— La maison du marais.
Elle le fixa. Il n'avait pas remarqué jusqu'alors à quel point son regard était perçant.
— Tu t'y es installé récemment ?
— Une dizaine de jours seulement.
— Je vois… J'en ai entendu parler… comme tout le monde dans le coin. Je n'ai jamais eu le temps de faire des recherches sur cette histoire : c'est apparemment le moment. La vie est une question de moment. Tu sais ce que l'on dit : toute légende a un fond de vérité ! Avant de m'approprier les récits que je conte, je fais toujours toutes sortes de recherches pour mieux les comprendre : habitude d'une vie antérieure… C'est ce que nous allons faire : nous allons revenir aux origines ; il faut toujours remonter le chemin tortueux des racines. Tu n'as rien prévu cette après-midi ?
— … Non…
— Alors, direction Quimper et sans plus tarder. Demain, ce sera fermé, c'est le 1er novembre. Et après, il sera trop tard.

Chapitre 12

Fantômes de papier

« Je suis l'algue des flots sans nombre,
Le captif du destin vainqueur;
Je suis celui que toute l'ombre
Couvre sans éteindre son cœur

Mon esprit ressemble à cette île,
Et mon sort à cet océan;
Et je suis l'habitant tranquille
De la foudre et de l'ouragan »,
Victor Hugo

Il sentait que toute question aurait été inutile. Aussi s'était-il laissé absorber par le bercement de son embarcation mécanique.

Ainsi glissa la route.
Ainsi s'écoula le temps.

Elle ralentit bientôt et arrêta la voiture sur un parking quasi désert :
— Tu vas enfin me dire ce qu'on fait là ?
Elle répondit par un clin d'œil en descendant de voiture. Il la suivit dans l'architecture *lynchienne* du bâtiment qui recelait les archives départementales du Finistère.

Elle posa les feuillets sur la table de consultation.
— On va consulter la matrice cadastrale de la maison du marais.
— Pourquoi ? On cherche quoi ?
— Je ne sais pas encore.
— C'est engageant…
— Disons que j'ai une petite idée. Alors, tu m'aides ?
Démuni face à son sourire lumineux, il se pencha à son tour sur le document : une longue liste de noms se déroulait, courant sur plusieurs colonnes, sur plusieurs pages.
— C'est chercher une aiguille dans une botte de foin, soupira-t-il en observant ces colonnes de noms et de chiffres. Et je ne vois pas l'intérêt de savoir qui a possédé ma maison avant moi.
— Ou l'inverse, murmura-t-elle.
Avant qu'il ait le temps de relever sa remarque, elle reprit :
— Tu as raison, organisons-nous : tu prends le vingtième siècle, je prends le dix-neuvième et la fin du dix-huitième : avant 1789, il faut chercher dans d'autres documents. Ça te va ?
Il sonda son regard avant de répondre :
— Entendu…
Elle chercha dans son sac un calepin, en déchira une page qu'elle lui tendit avec un stylo.

Les colonnes semblaient se dérouler à l'infini dans l'espace clos d'un temps que l'on eût dit suspendu, quand il se redressa enfin. Elle fit de même quelques secondes après : son regard brillait étrangement.

— Je commence, proposa-t-il ?
— À toi l'honneur.
— Bon, eh bien, je me demande si j'ai fait une bonne affaire en achetant ma maison : soit elle reste longtemps inhabitée, soit ses habitants n'y demeurent qu'un an ou deux ; il doit y avoir un vice de construction, c'est étrange… Ou l'humidité est telle qu'on n'y fait pas de vieux os... Et de ton coté ?
— Le mieux est que je te montre…
En partant des années 1790, des noms identiques se suivaient par décennie ; puis, un autre nom apparaissait et la répétition reprenait :
— On se transmettait la maison de génération en génération ?
Elle acquiesça.

Après une minutieuse observation, elle indexa un nom :
— Regarde. Là.
— Armand Le Cam… Après ce nom, on ne retrouve plus de série : il n'y a plus de transmission familiale.
— Et regarde les dates.
— Elles sont rapprochées… comme celles que j'ai trouvées ensuite.
— La maison accueillait des générations successives et puis, soudain, elle ne garde plus longtemps ses habitants… Quelque chose a créé une rupture. Et c'est ça qu'on cherche.

Elle releva les trois premiers noms qui dissonaient, ainsi que les dates des actes notariés :
— On aura bien un numéro gagnant.
Il referma les planches :

— Et maintenant ?
— On troque les cadastres contre les registres d'état civil.

Ils patientèrent une dizaine de minutes avant de voir l'agent revenir avec les documents :
— Il-vous-reste-une-heure-avant-la-fermeture, articula mécaniquement le *yurei** des Archives.
Il regarda son smartphone :
— Ils ferment à 16H30 ?
— Veille de jour férié… Dépêchons-nous !

Ils pressèrent le pas jusqu'à une table de libre et se partagèrent le travail.

Le temps filait et ils perdaient de précieuses minutes par manque d'expérience.

— J'en ai un ! finit-il par dire.
Tous deux se penchèrent sur le document, électrisés par une même curiosité : il s'agissait du premier nom isolé qu'ils avaient remarqué, Le Cam. Le registre d'état civil indiquait que sa mort correspondait à la date mentionnée sur la matrice cadastrale :
— Il est sans doute mort sans héritier… pour ça que la maison est passée dans d'autres mains.

Une voix indiqua au micro que les documents devaient être rendus dans vingt minutes :
— Ahu ! Dépêchons-nous !

Tout près d'elle à scruter le moindre indice, il sentait le parfum de sa peau s'exhaler par bouffée de son cou. Il sentait l'odeur suave, chaude de son corps. La fragrance florale de ses cheveux.

---

* Fantôme japonais bien connu des amateurs des films d'horreur nippons.

Et ces odeurs le caressaient du bout de leurs doigts invisibles, l'enveloppaient d'une tiédeur engourdissante, l'hypnotisaient comme une danse des sept voiles.

Et son corps se rapprochait du sien, inexorablement, imperceptiblement, sans que son esprit, alangui, n'y pût quoique ce fût.

— Nous rappelons que les Archives vont fermer leurs portes dans…

Il revint soudain à la réalité.

Une minute après, un « banco » simultané retentit. Ils échangèrent un regard complice :

— Tu as un trèfle à quatre feuilles avec toi ?

— Un triskell, évidemment, répliqua-t-elle malicieusement. Regardons…

Alors qu'elle se penchait sur la ligne qu'il lui indiquait, une forme silencieuse surgit derrière eux :

— C'est-l'heu-re. Vous-de-vez-ra-me-ner-les-do-cu-ments.

— Juste deux minutes, s'il vous plaît, lui pria-t-il, lui-même surpris d'être à ce point pris au jeu de l'enquête.

— C'est-le-rè-gle-ment, affirma la voix poussive et monocorde.

— Madame, s'il vous plaît, supplia-t-il.

— L'heu-re, c'est-l'heu-re.

— Madame, vous feriez preuve d'une grande noblesse d'âme en nous accordant juste deux minutes, lui susurra-t-il avec des yeux de velours.

— Ra-me-nez-ces-do-cu-ments-sur-le-champ. Nous-fer-mons. L'heu-re-c'est-l'heu-re.

Alors que les yeux de velours s'enflammaient d'agacement face au robot des archives, le sourire doré se redressa, les documents en main :
— Nous y allons de ce pas, Madame. Merci de votre compréhension. Passez une bonne soirée !
Il la suivit, coi. Il l'observa rendre les documents, signer le formulaire, saluer poliment l'homme au guichet et se diriger vers la sortie.
— J'ai loupé un épisode…
Elle lui tendit un papier :
— On a notre homme.
Il prit le papier tandis qu'elle ajoutait :
— Et « vous feriez preuve d'une grande noblesse d'âme » en le consultant ! rit-elle. J'ai eu le temps de prendre des notes pendant que tu charmais la créature des archives.
— Un prêtre ? s'exclama-t-il en levant les yeux du papier. Les prêtres ne vivaient pas dans le presbytère ou dans une bâtisse attenante à l'église ? La maison du marais est loin du bourg.
Elle acquiesça :
— Tu conduis ?
— Si tu veux, répondit-il en rattrapant les clefs qu'elle lui lança.

Elle le regarda par-dessus le toit de la voiture :
— Peut-être que ce prêtre préférait rester tranquille, loin de tout… et de tous.
— Mais… pourquoi un prêtre voudrait s'isoler au point d'aller vivre dans la maison du marais ?
— Pourquoi as-tu voulu t'isoler au point d'aller vivre dans la maison du marais ?

Il la regarda vivement. Puis, son regard se posa silencieusement sur le ruban de macadam qui se déroulait.
— Tu connais « Ys », d'Alan Stivell ? lui demanda-t-elle après de longues minutes muettes.

La respiration de l'océan emplit l'espace.

Les cordes d'une infinie délicatesse se mêlaient à celles, veloutées, du violoncelle, aux souffles de la flûte, au chant des vagues.

Se succédèrent « La Harpe, le vent et l'eau » et l'enjouée « Harpe atlantique », qu'il jugea tous deux d'une beauté et d'une poésie rares. Mais il trouvait un charme singulier à « Ys », à ses colliers de cordes pincées qui entraînaient dans un tourbillon infini, infini comme le ressac entêtant de l'océan, dont le chant ensorcelle. Il se sentait happé dans une danse mystérieuse, en un mouvement sans corps, par une main invisible, une voix envoûtante. Et il désirait encore et encore prolonger cette émotion indicible, cette sensation inédite.

Le chant de l'océan.

Sa respiration.

Le chaloupé de son rêve infini.

Il n'était pas encore allé sur la côte.

Depuis son retour en France, il s'était réfugié dans les replis d'une terre qu'il ne connaissait pas et qui ne le connaissait pas ; un lieu clos par un relief désolé, une lande martyrisée, des tourbières mortifères et un bois sombre et hostile.

Idéal pour laisser vagabonder les monstres et les démons qui hantaient ses cauchemars.

Idéal aussi pour ne pas laisser s'évader les créatures qui partageaient désormais sa vie, son purgatoire.

Il s'était habitué aux démons et aux monstres. Ces horribles animaux de compagnie valaient toujours mieux que le vide silencieux de sa solitude. Des yeux d'effroi, des hurlements de terreur déchiraient par instant l'aridité de son cœur.

Il préférait encore l'horreur au néant.

Et il découvrit le chant des vagues.

Quelque chose s'ouvrit dans son cœur. Quelque chose d'oublié. Et de beau.

Quelque chose de grand. Sans mur invisible. Sans monstre ni démon.

Et il entendit le chant du monde. Un monde qui n'est qu'horizon.

Une vague avait forcé les vannes de la cité close de son cœur.

Comme un vent libérateur.

Comme une tempête purifiante.

Terrifiante aussi.

Mais démons et monstres tentèrent de ressurgir, de refermer la porte, de cadenasser de nouveau l'entrée de la *Terre Gaste*, d'en bloquer de nouveau l'horizon.

Tantôt il luttait contre eux, tantôt il s'alliait à eux, tantôt rassuré par l'espace clos de ses fantômes familiers, tantôt tenté par l'horizon infini au souffle inconnu et libérateur...

Passait maintenant la complainte iodée des archers du vent, envoûtante comme le chant amoureux des vagues, mélancolique voix de sirène, délice morbide des âmes à la dérive…

Maintenant qu'il avait goûté au philtre, l'odeur du large, le chant des flots ne le quitteraient plus.

Il le sentait : quelque chose avait changé. L'Ancien tenterait à nouveau de le submerger, le combat serait rude.
Mais quelque chose avait changé.

Une lumière soudaine

était apparue dans ses ténèbres.

Quelque chose l'appelait

Ailleurs

Vers l'infini de l'ailleurs...

loin de son monde fermé et clos, qui avait été si rassurant, qu'il avait voulu protecteur, mais qui devenait oppressant, prison invisible de sa peur.

Chapitre 13

Ophelia

«Voici plus de mille ans
que la triste Ophélie /
Passe, fantôme blanc,
sur le long fleuve noir.»,
Rimbaud

Une chaleur sur son bras : les rayons doux et chauds de son sourire. Il sortit doucement de sa rêverie de sel et d'écume : l'immobilité sombre des précoces nuits d'hiver les entourait.

La deuxième nuit de Samain était tombée sur le monde.

Il se redressa vivement :
— Je me suis assoupi, désolé…
— Aucun problème. Je t'ai ramené chez toi : je ne savais pas si tu souhaitais retourner à la veillée.
— Bien sûr que oui ! Bien sûr que je… mais tu as bien fait de me reconduire ici, il est encore tôt, on a le temps, s'empressa-t-il d'ajouter, dissimulant sa gêne d'avoir montré tant d'enthousiasme.

Alors qu'ils parcouraient les quelques mètres qui séparaient la voiture de la maison, ils s'arrêtèrent simultanément :
— C'est normal, cette odeur ?
— Je ne l'ai jamais sentie depuis mon emménagement, en tout cas…
Ils sondaient l'odeur de la nuit, pivotaient sur eux-mêmes :
— C'est pestilentiel…
— Ça vient du marais, on dirait, non ?
— Absolument… il doit y avoir un animal mort, une charogne… , supposa-t-il tandis qu'ils se dirigeaient derrière la maison.

Ils pressaient leur écharpe contre leur nez à mesure qu'ils avançaient. L'odeur devenait insoutenable :
— Une charogne, tu disais ? Un suicide collectif de lapins millénaristes, plutôt… fit-elle en scrutant l'obscurité du marais.
— Tu ne vois pas quelque chose… là-bas… à la surface de l'eau ?
Elle utilisa la fonction lampe torche de son téléphone pour éclairer la direction qu'il indiquait :
— Je distingue vaguement quelque chose… je crois…
Un mouvement de son bras éclaira une autre boursouflure de l'eau :
— Attends ! un peu plus à droite…
— Oui, il y a quelque chose aussi, on dirait… Tu as une fenêtre dans le toit ? Une ouverture qui nous permettrait d'avoir une vue plongeante sur le marais ?
— Excellente idée, viens !

Ils pressèrent le pas jusqu'à la maison, montèrent quatre à quatre l'escalier ; elle le suivit dans l'une des chambres qui donnaient sur le marais. Il ouvrit une armoire, prit une lampe tempête, l'alluma.

La fenêtre ouverte, ils se penchèrent tous deux ; alors qu'il dirigeait la lumière vers les ténèbres liquides, ils eurent le même cri étouffé, le même haut le cœur : comme une étoile maudite emprisonnée dans le miroir du ciel, douze corps constellaient la surface du marais.

Douze corps humains.

Chapitre 14

Anaon

« Alors, dit Sancho, le proverbe vient à point : dis-moi qui tu hantes, et je te dirai qui tu es. »,
Cervantès

Ils avaient appelé le maire et la gendarmerie. Pierre-Yves avait suggéré de ne pas ébruiter l'affaire pour le moment… et de maintenir la veillée : certains touristes venaient de loin… la tradition à respecter… les âmes sensibles à préserver… Sans doute fallait-il ajouter à ses arguments affichés d'autres moins dicibles : des raisons commerciales et politiques, la mauvaise publicité que risquaient le maire et l'aubergiste qu'il était tout à la fois.

Ils l'avaient attendu, claquemurés dans la maison, pelotonnés devant un feu de cheminée qu'il avait fait à la hâte, pendant qu'elle leur préparait un verre de rhum : le vin n'était pas assez fort pour atténuer l'image spectrale des douze corps flottant dans le marais, signe kabbalistique qui marquerait leur mémoire au fer rouge.

Ils étaient incapables de desserrer les mâchoires ni même d'échanger un regard.

Lorsque le maire avait frappé à la porte, accompagné des forces de l'ordre, ils avaient bondi comme si l'Ankou en personne les attendait sur le seuil.

Il s'assit silencieusement, gêné. Un verre de rhum lui fut servi ; il le but d'un trait.

De longues minutes s'écoulèrent ainsi, sans que personne n'osât le briser, tout le monde pensant à ce qui se trouvait derrière les murs.

Des phares se reflétèrent dans les vitres ; le maire sortit. Nul n'avait notion du temps qui s'écoulait : le passé avait surgi sur le présent comme une vague scélérate ; le bateau de la raison coulait à pic.

Le maire revint, le visage fermé, les lèvres closes et le regard fuyant.

L'attente se prolongea ainsi.

Un adjudant finit par frapper et entrer :

— Nous avons récupéré les douze corps, commença-t-il, manifestement ému en dépit des efforts dont il faisait preuve pour la contenir.

— C'est… c'est assez déstabilisant, reprit-il. Les corps sont dans un état de conservation… confondant… Les cheveux, les sourcils, les ongles...

— Ce n'est pas la première fois qu'une tourbière rejette, bien des siècles plus tard, les corps qu'elle a escamotés. C'est une grande illusionniste de la mémoire humaine, professa Pierre-Yves.

L'étranger explosa :

— Oui, non mais, d'accord, comme tout le monde j'ai entendu parler de l'homme de Tollund, mais enfin se retrouver avec douze momies autour de sa maison, comment vous dire ? Excusez-moi d'être un peu sous le choc, quand même !

Le maire baissa les yeux sur son rhum, l'adjudant sur ses rangers : chacun évacuait comme il pouvait l'horreur du spectacle, pendant que les gendarmes et un médecin légiste continuaient à s'occuper des corps.
— Je… excusez-moi, hésita la conteuse, mais il y a quelque chose que je ne comprends pas…
L'heureux propriétaire lui lança un regard caustique :
— Oui, enfin, reprit-elle, parmi *tous* les… événements de ce soir que je ne comprends pas, disons, il y a *un* point *particulier,* précisa-t-elle à son attention : si les corps ont été momifiés par la tourbe, pourquoi cette odeur de décomposition ?
— D'après le médecin, la tourbe les protégeait, mais en remontant à la surface, ils ont remué des poches de gaz ; le remugle vient de résidus d'eau et de végétaux en décomposition. Et l'environnement aqueux et l'oxygène sont en train d'attaquer les corps. La légiste a mis un produit dans les housses mortuaires pour les maintenir jusqu'à son lab…
— D'accord, d'accord, d'accord ! On va se passer des détails, interrompit l'étranger, visiblement à fleur de peau.

Si son choc était ô combien légitime, ses réactions épidermiques, explosives, suggéraient que la découverte des corps n'était pas le seul motif de son bouleversement.

Quelque chose de plus profond, de plus personnel se jouait.

— Je regrette de vous demander cela, Monsieur, mais je vais devoir vous faire remplir quelques papiers.

Il invita l'adjudant à s'asseoir avec lui à la table de la cuisine.

— N'en parlons à personne, voulez-vous ? murmura le maire en se penchant vers la conteuse. Quelques heures de plus ou de moins avant que les journalistes ne l'apprennent ne changeront pas grand-chose : ces pauvres filles peuvent attendre, depuis le temps qu'elles sommeillent, ajouta-t-il.

Cynisme des hommes…

— Des filles ? des femmes ?

Le maire baissa les yeux.

— Des jeunes filles. Voire de très jeunes filles, d'après la légiste, finit-il par ajouter.

Seuls le crépitement du feu et le bruit du stylo sur le papier animait le silence de la maison des marais.

— Je sais que… je suis conscient de vous demander un grand service, mais si vous pouviez… si vous pouviez maintenir le conte de ce soir… Vous comprenez ?

La conteuse regarda longuement le maire :

— Je vais reprendre un verre de rhum, répondit-elle en se levant.

Samain.

La conjuration par les mots et l'imaginaire, maîtres d'oubli.

Elle avait besoin d'oublier ce soir-là. Ils avaient tous besoin d'oublier.

Elle se retourna :

— Ensuite, je vous suis.

CHAPITRE 15

Mémoire de pierres

« L'homme qui ne médite pas vit dans l'aveuglement,
l'homme qui médite vit dans l'obscurité.
Nous n'avons que le choix du noir »,
Victor Hugo

Lorsque, après le conte, elle lui avait donné rendez-vous le lendemain devant l'église, il avait tenté d'esquiver. Mais elle l'avait regardé d'une telle manière, son regard à elle plongeant dans son regard à lui, parlant silencieusement à quelque chose qu'il croyait enfoui si profond, qu'il n'avait pu refuser. Il se trouvait ainsi là, mal-à-l'aise, nerveux, devant un édifice qu'il évitait soigneusement depuis l'éternité de ces trois ans.

Il se retrouvait là, le jour des morts.

Un jour où les croyants venaient en masse, priant et louant la gloire de leur dieu et la paix des âmes défuntes.

C'était ironique. Cruellement ironique.

Il repensa à la soirée d'hier, sans parvenir à se libérer du film des événements, qui repassait inlassablement en boucle dans sa tête.

Il revoyait les corps.

Il se revoyait, encore et encore, revenir de la veillée, dont le conte l'avait troublé, avec son goût de peaux océanes, avec sa litanie entêtante de vagues amoureuses, charme de sirène. Les circonstances rendaient cette sensualité salée malsaine… dérangeante…

Il se revoyait traverser le tunnel des arbres, se rapprocher de la maison du marais, apparaissant dans sa mandorle de brumes laiteuses.

Une fois entré, il avait refermé la porte et c'est alors qu'il l'avait revu, encore : le chien noir aux yeux jaunes le fixait, debout dans l'entrebâillement de l'autre porte, celle qui s'ouvrait sur le marais. La lumière de la lune se reflétait sur les eaux mortes qui expiraient une lumière spectrale.

L'ombre aux yeux jaunes le fixait sur le seuil des deux mondes.

La mort se tenait en face de lui, encore.

Il avait l'impression que cette scène avait duré une éternité, mais il avait suffi d'un battement de cils pour que les yeux dorés disparussent dans les ténèbres aveugles : la porte s'était refermée.

En claquant, elle avait brisé un fil invisible qui avait rompu à son tour un équilibre infime.

Le cadre était tombé.

Le cadre dans sa chambre.

Il avait entendu le choc du cadre métallique sur le sol de pierre. Il s'était précipité, le cœur battant à tout rompre. Le seul et unique cadre. La seule et unique photo qui lui restait. Il s'était accroupi devant la table de chevet et avait retourné le cadre renversé au sol : des bris de vers étaient restés emprisonnés, angles pointus et coupants sur la douceur de son sourire, sur les boucles de ses cheveux noirs, sur la rondeur de son ventre. Un ventre rond porteur de la Bonne Nouvelle, mais dont le monde n'entendrait jamais le premier cri.

Les corps aimants,

les corps souffrants…

L'odeur de l'amour,

l'odeur de la mort…

Tout se fondait, tout se confondait en un entrelacs venimeux, nid de vipères obscène, danse macabre et fétide d'une chaire insane.

Ainsi ruminait-il d'acides pensées, lorsqu'elle arriva. Le miel de son sourire recouvrit le goût métallique qui empoisonnait de nouveau sa bouche.

Elle le salua de son air habituel, aérien, avant de piquer à gauche.

Ses lèvres se crispèrent lorsqu'il la vit franchir le portail du cimetière.

— Ne reste pas là. Viens ! On ira plus vite à deux.

Il rentra, d'un pas hésitant, et la regarda, d'un air interrogateur. Elle balayait du regard le jardin des morts sur lequel s'était posé un hiver de souvenirs. Ses yeux fixaient un carré de pierres sombres, dépourvues de chrysanthèmes ; elle lui fit signe de la suivre.

Elle sortit un calepin de la poche de son manteau :

— Voilà ce que nous cherchons, commença-t-elle. Le prêtre qui a vécu dans la maison du marais y est resté quatre ans, jusqu'en… 1873, précisa-t-elle après avoir consulté les notes prises aux Archives. Tiens, voici de quoi écrire : on va relever les noms de ceux qui sont morts entre 1869 et 1873.

— 1869-1873, tu dis ? Ça me dit quelque chose… Il me semble avoir lu ça quelque part…

— Ça te reviendra plus tard, dit-elle en le voyant sonder sa mémoire, en vain. Tu noteras également leurs années de naissance et de mort. Je m'occupe de cette partie, dit-elle en désignant un rectangle invisible.

— Ça ne me dit toujours pas la raison pour laquelle on fait ça…

Elle se dirigea sans répondre vers le vieux mur d'enceinte, recouvert du squelette torturé d'un lierre hivernal.

Ils passèrent ainsi une bonne heure à identifier méthodiquement les résidents de ces dernières demeures terrestres. Le ciel charriait des nuages lourds de neige, qui volaient lentement, bas, comme soucieux de ne rien perdre de leur précieuse cargaison. Le poids de leur charge n'avait d'égal que le silence de glace qui pesait sur les deux ombres noires, mystérieusement penchées sur des pierres tombales rongées par le temps.

Au bout de quelques noms relevés sur les feuilles déchirées du calepin, l'une des deux créatures de songe se redressa, pensive : un mince lacet de lumière commençait à se dessiner dans la forêt obscure de ses pensées. Puis, la silhouette s'arc-bouta à nouveau, ses serres se posant par moment sur le granit vert-de-moussé, scarifié de signes kabbalistiques dont le sens s'était peu à peu perdu dans l'oubli du temps.

Ils se retrouvèrent à la croisée des chemins qui quadrillaient le cimetière :

— Je crois que je commence à comprendre.

— Parlons-en juste en face, lui répondit-elle en désignant le café des trois grées, de l'autre côté de la rue. Je meurs de froid.

Soazig leva un œil bourru et afficha son plus bel air renfrogné en les voyant entrer :

— Hum ? fit-elle en guise de salut.

— Un thé, s'il vous plaît.

— Un café, ajouta-t-il tandis qu'ils s'installaient un peu à l'écart.

Elle sortit le calepin de sa poche et le posa, ouvert, en face d'elle. Il sortit à son tour le feuillet et fit de même.

— Tu commences ? proposa-t-elle.

— Bien. J'ai dix noms qui correspondent à la période que nous avons retenue : Katell Le Borgne 1857-1872, Pierrig Daniel 1805-1870, Pierre-Yves Guyvarc'h, 1802-1871, Jeanne-Marie… et ainsi égraina-t-il la liste des noms.

Puis, ce fut au tour de la conteuse, qui en avait relevé huit.

Il relut silencieusement les listes, sortit le stylo de sa poche et entoura ce qui avait attiré son attention dans le cimetière et que confirmait la liste de la conteuse :
— Sur dix-huit noms, deux, quatre, six… quinze sont des noms de femmes.
— On pourrait penser à des mortes en couches, mais…
— … mais la plupart sont mortes vers l'âge de… quatorze… douze… quinze ans… huit ans, même : des jeunes filles donc.

Elle l'observa : des jeunes filles, oui. De très jeunes filles.

Ils observèrent à nouveau la liste et firent un astérisque à côté des noms de mineures. Ils en comptèrent quinze.
— Les jeunes filles du village ont payé un lourd tribut…
— Oui… reste à savoir sur l'autel de quelle divinité barbare elles ont été sacrifiées.
— Et par qui.

Il plongea son regard dans celui de la conteuse. Puis, il émit une hypothèse :
— Il y avait un fort taux de mortalité lié aux maladies, à la malnutrition, à l'hygiène.
— C'est vrai. Manque de chance pour nos jeunes filles, un mystérieux virus ne s'attaquait qu'à elles.
Il baissa les yeux :

— Mais parmi les quinze, il y a sûrement des morts liées aux conditions de vie de l'époque, tu as raison, ironisa-t-elle…

Il soupira, redoutant la conclusion vers laquelle ils s'acheminaient :

— Et ma maison, dans tout ça ?

Elle le regarda silencieusement avant de murmurer :

— Perdue dans un sinistre dédale de fanatisme, de désir malade et de pensées coupables.

Chapitre 16

Possession

« Le diable est toujours fils de son temps »,
Robert Muchembled

— On va vérifier quelque chose…
Elle sortit de son sac une tablette et alla s'installer au comptoir pour se connecter, sous l'œil affable de la sainte mère patronne.
— On cherche quoi ? dit-il tout bas en s'asseyant à côté d'elle, tandis que les tasses fumantes se posaient devant eux.
— On va voir si on a accès en ligne aux registres paroissiaux. Les Archives sont fermées aujourd'hui. Tout n'est pas mis en ligne, loin de là, mais sait-on jamais… Attends, voir… oui ! Les registres antérieurs à 1902 sont accessibles ! Voyons voir…

Il se rapprocha d'elle, appuya sa main sur le dossier de son siège. Ses cheveux portaient l'empreinte de l'haleine froide de l'hiver. Son corps exhalait un parfum chaud, engourdissant.

Tous deux parcoururent ainsi de longues minutes les documents numérisés et les informations concernant les noms relevés avant de découvrir un premier élément intéressant :

— « Noyée – corps non retrouvé ». Comment peut-on affirmer de quoi le défunt est mort sans avoir retrouvé le corps ?
— On a dû conclure qu'elle s'était perdue dans les tourbières du marais. Il était bien plus vaste et bien plus dangereux que maintenant : le lac artificiel, créé dans les années 30 pour l'usine hydro-électrique aujourd'hui désaffectée, l'a recouvert en grande partie.
— Ah oui, le maire m'en a parlé…
— Tiens, regarde… Armelle Vrazic : « noyée – corps non retrouvé ». La même année. Et… *Idem* pour Gaëlle Jaouen !

La liste des noyées dont le corps n'avait pas été retrouvé s'allongeait à chaque nom recherché.

— Ça fait un paquet de jeunes demoiselles maladroites.
— Hum… on parie combien qu'avant 1869 et après 1873 les jeunes filles de Brennilis étaient moins frappées par la guigne ?
Il la fixa intensément :
— Tu es en train de dire que…
— Qu'est-ce que… l'interrompit-elle, les yeux rivés à l'écran.

Il se pencha sur l'écran, se joignant à sa stupéfaction. Il lut à voix basse le libellé qui suivait le dernier nom de jeune fille qu'ils avaient relevé :

Le 1er jour novembre 1873, Jeanne-Marie Le Floc'h, fille de Hervé Le Floc'h, pilhaouer, et de Huguette Guyonvarc'h, lavandière à Brennilis, a été exorcisée par moi, Armand Le Cam, curé dud[it] Brennilis, en l'église dud[it] lieu, en p[rése]nce de la dite Huguette Le Floc'h fille Guyonvarc'h, mère de lad[it]e Jeanne-Marie Le Floc'h, reconnue véritablement possédée et obsédée par des démons. Ledit curé soub[sig]né, après avoir imploré le secours du seigneur Dieu tout-puissant, a fait plus[ieu]rs interrogations aux démons qui étaient dans le corps de la créature. Ils dirent aud[it] s[ieu]r curé soub[sig]né leurs noms et leur nombre qui étoient dans lad[it]e créature, à savoir : Pilate, Judas, Lucifer, Antéchrist, Incube, Le Serpent, fils de Belzébuth, l'Enragé. Lesquels ont étés contraints de sortir du corps de lad[it]e créature par les exorcismes et conjurations fortes que leur fit led[it] curé soub[sig]né, en p[rése]nce encore de Denis Le

Braz, marguillier. Ils sortirent en une fois par son ventre et furent jetés dans le feu purificateur, avec défense que je leur fis, de la part de Dieu, de ne jamais rentrer ni obséder le corps de lad[it]e créature, Jeanne-Marie Le Floc'h.

Lesd[it]s témoins ci-dessus n'ont su signer, illettrés.

Signé Armand Le Cam, curé **IND**.*

— Le Cam ? C'est le nom du cadastre, non ?

Elle acquiesça, les traits contractés.

Ils relurent silencieusement le texte. Le registre précisait que la jeune fille était morte peu de temps après, de « mort naturelle ». À treize ans.

Après un moment, il reprit, stupéfait :

— « Exorcisée » ? Alors ça… je ne m'y attendais pas… ! Et que signifie « curé IND » à ton avis ?

— *JuraNDum* : « celui qui a prêté serment ». Seuls les prêtres ayant prêté serment, suite à une initiation, pouvaient pratiquer l'exorcisme. Il y a un prêtre très connu, à cette époque justement, qui officiait à Bégard, dans le Trégor, plus au Nord. On l'appelait Tadig Kohz, « vieux petit père », parce que, selon

* Ce document est une archive ; nous n'avons modifié que quelques éléments pour les besoins du roman.

Anatole Le Braz, qui a colligé une foule de témoignages et de légendes sur la Bretagne au XIXe siècle, il disait toujours à ses paroissiens de se confier à lui, le bon « vieux petit père », et de lui raconter leurs péchés. On dit qu'il serait venu prêter main forte au recteur de Saint-Rivoal, oui, la commune de la chapelle Saint-Michel, pour des cas d'exorcismes... Regardons sur Wikipedia quand Tadig Kohz est mort...

En quelques clics ils trouvèrent l'information :

— 1873, tiens...

Il se pencha à nouveau sur l'écran :

— Apparemment, on sait parfaitement qui est Tadig Kohz : impossible, donc, que ce soit notre curé, Armand Le Cam, qui aurait pris un pseudonyme.

— Je ne pensais pas à cela, en fait... Il est possible, en revanche, que les deux hommes se soient connus et qu'ils aient collaboré...

— Et si, en prolongeant ton hypothèse, Le Cam avait remplacé Tadig Kohz dans le Trégor, quand celui-ci est mort ? C'était peut-être son petit protégé et il a pris la succession : les prêtres exorcistes ne devaient pas être légion. On sait où est mort Le Cam ?

— Non, je n'ai pas pensé (et pas eu le temps de penser) à le noter, hier. On va regarder ça...

— Le voilà ! Alors, voyons voir... Saint-Laurent-du-Maroni ?

— Comment ça, Saint-Laurent-du-Maroni ? En Guyane ? Qu'est-ce qu'il est allé faire en Guyane ? Évangéliser ?

— Je ne sais pas... qu'est-ce qui pourrait bien pousser un prêtre à partir en Guyane, au XIXe siècle... ?

Après un instant, il posa sa main sur son poignet :

— Le bagne ! On envoyait les bagnards en Guyane ! Les gars devaient partir de Brest. Il y avait forcément des aumôniers.

— Hum… mais je ne pense pas qu'un aumônier ait la même formation qu'un prêtre, surtout un prêtre exorciste. Je veux dire : pourquoi se spécialiser dans cette pratique et ensuite, patatras, décider de partir en Guyane, autant dire l'enfer sur terre ?

— À moins que… reprit-elle après un instant.

— À moins que… répéta-t-il avant de se redresser en comprenant où elle voulait en venir. À moins qu'on l'ait envoyé au bagne comme prisonnier.

Elle le regarda et acquiesça.

Il prit les deux feuillets où étaient entourés les noms des jeunes filles. Douze déclarées noyées. La dernière exorcisée et décédée peu de temps ensuite de « mort naturelle ». Un prêtre *jurandum* qui, contrairement à l'usage, ne vivait pas dans le logis qui lui était dévolu, mais dans une maison isolée, au bord du marais.

— Regarde ça, dit-elle en montrant un numéro précédé des lettres « MA », sur le dossier de Le Cam.

— Ça veut dire quoi ?

— Tu te souviens du film *Papillon* ?

— Euh… oui…

— L'administration pénitentiaire n'appelle pas les détenus par leur nom : les bagnards sont déshumanisés par…

— … l'attribution d'un matricule, « MA ».

Il se tut et regarda à nouveau les feuillets :

— Une fois mort, Tadig Khoz ne pouvait sans doute plus le protéger : Le Cam a été condamné pour meurtre. Pour ces treize meurtres, comprit-il.
— Je doute que Jeanne-Marie ait été comptée comme une de ses victimes. Cela expliquerait bien des choses…
— Cela expliquerait quoi ?
— Plus tard… murmura-t-elle en pianotant sur le clavier.

Le site des archives judiciaires les renvoya aux registres de la Marine nationale, à Brest.
— Logique, murmura-t-il. C'est là que sont consignés les procès et les fichiers des bagnards, puisque c'était principalement de là et de Toulon qu'ils étaient envoyés en Guyane ou en Nouvelle-Calédonie.
— Il y a aussi les archives d'Outre-Mer conservées à Aix-en-Provence, attends… Hum… les fonds numérisés ne sont accessibles que par un code, réservé aux généalogistes professionnels.

Tous deux se redressèrent en soupirant. Elle regarda l'heure, contrariée : le temps, une fois de plus, avait filé.
— Il faut absolument que l'on règle cette affaire aujourd'hui. Demain, ce sera trop tard.
— Tu as déjà dit ça hier : trop tard pour quoi ?

Elle le regarda, silencieusement. Puis :
— Pour mettre en lumière les liens invisibles…
— … qui relient Jeanne-Marie à Le Cam…
— Oui. Et ce qui te relie à eux.

Il réagit brutalement :
— Comment ça ?

— Je ne sais pas. Pas encore. Tout ce que je sais, humblement, je te l'ai déjà dit : il n'y a pas de coïncidences. Il suffit de savoir regarder. Et la lumière apparaît.

— Tout cela est trop obscur pour moi, siffla-t-il agacé. Dans tous les sens du terme, d'ailleurs.

— La lumière naît toujours de l'obscurité.

Elle ficha son regard dans le sien :

— Mais peut-être préfères-tu rester dans les ténèbres…

Il se leva brusquement et se mit à se rhabiller.

Stupides croyances ! Comment pouvait-on croire à tout cela à notre époque ! Et pourquoi chacune de ses paroles le transperçait ? Et pourquoi repensait-il soudain à la cassette qu'il avait trouvée il y avait peu ?

— À bientôt, siffla-t-il.

Alors qu'il s'apprêtait à refermer la porte du café derrière lui, il suspendit son geste : il se rappelait.

Il revint rapidement à elle :

— Je sais pourquoi ces dates me disaient quelque chose…

— Alors ? le pressa-t-elle, agacée par son silence soudain.

— J'ai trouvé une boîte sous mon plancher en faisant des travaux : elle contenait, entre autres, des coupures de journaux. Ce sont les mêmes dates.

Après des secondes d'éternité, il ajouta :

— Il y avait aussi des mèches de cheveux et des objets féminins.

Chapitre 17

Notre-Dame des Enfers

« La nuit utérine est en chacun de nous
ce que le noir intersidéral
prolonge au fond du ciel »,
Pascal Quignard

— Je crois que je vais commander un verre de vin.
— Je doute qu'ils en aient du bon.
— Tu as raison. Et je doute que ce soit assez fort.
— Pas faux.
— Un verre de rhum, s'il vous plaît, Soazig.
— Deux.

Ils sirotèrent silencieusement l'alcool puissant. Un dernier verrou refusait d'ouvrir la porte de l'évidente horreur.

— Emmanuel ! Emmanuel est généalogiste, murmura-elle soudain. Il a peut-être le code nécessaire pour accéder aux informations dont nous avons besoin, ou peut-être connaît-il quelqu'un qui l'a. Je vais l'appeler.

Elle nota sur le calepin le numéro de matricule du prêtre défroqué, ainsi que ses dates de naissance et de mort, se leva et partit téléphoner dans un coin de la salle.

Elle revint quelques minutes plus tard :

— Il n'a pas le code en question, mais connaît un collègue qui l'a. Dès qu'il a des infos, il me rappelle. Espérons qu'il puisse en avoir aujourd'hui...

— Mais pourquoi est-ce si urgent à la fin? Ça fait plus d'un siècle que tout cela est arrivé ! Un jour de plus ou de moins ne changera pas grand-chose.

Elle le regarda à nouveau silencieusement, de longues secondes, avant de répondre :

— Notre quantification du temps ne veut pas dire grand-chose. Prends tes affaires et suis-moi.

— Et le rhum ?

Elle le regarda, puis observa les deux verres posés sur le zinc. Elle en prit un et but cul sec :

— Qu'est-ce qu'on boit ! On se croirait dans une série américaine.

Chaudement couverts, ils traversèrent à nouveau la rue :

— On retourne au cimetière ? maugréa-t-il.

— Non, à l'église. Allons purifier ton âme, répondit-elle en un sourire sardonique.

— Je suis le seul à en avoir besoin, Sue Ellen ? marmonna-t-il avec un soupçon de sourire..

Elle lui lança un regard malicieux, puis elle ajouta :

— Une pièce du puzzle, voilà ce que l'on va voir.

L'humble chaleur des bougies les accueillit. La dernière église dans laquelle il était entré n'avait pas cette odeur doucereuse de siècles de dévotion à la chandelle ; elle n'avait pas le clair-obscur intime des églises occidentales, ni les ornements multiséculaires ciselés dans la pierre par les Compagnons ; ses dalles n'étaient pas disjointes ni usées par les pas ancestraux, ses murs ne portaient pas les bannières brodées d'or des pardons.

Existait-elle seulement encore, cette église aux murs blanchis à la chaux, aveuglants sous le soleil d'Afrique ?

Il la revoyait marcher dans une des travées latérales, belle, lumineuse dans sa robe en lin, caresse vanillée sur sa peau noire aux reflets cuivrés…

Puis les flammes, le feu qui crépite, qui dévore tout ; les poutres qui craquent, s'effondrent dans un fracas assourdissant.

Les pleurs

de la maison de dieu.

Les hurlements.

Dans la maison de dieu.

Jamais tonnerre ne serait assez puissant pour couvrir la voix stridente du souvenir.

Un pianotement sur son bras le libéra de la danse hypnotique de la neuvaine. Le sourire doré lui indiqua une statue située non loin de l'autel :

— Notre-Dame de Breac'h Ellis. Aussi appelée « Notre-Dame des Enfers ».

— C'est charmant, ce petit surnom.

— N’est-ce pas ? répondit-elle. L’étymologie n’est pas certaine, mais son nom viendrait de « briacos », le marais, et « ellis » de « hellu », la sorcière. « Ellez » est aussi le nom de la rivière qui traverse la zone marécageuse et prend sa source à Saint-Rivoal.
— D’où le « Yeun Elez ».
— En effet. On n’est pas trop sûr de l’origine du nom de la rivière : elle peut renvoyer à l’iris, en breton, et par métonymie à l’environnement humide, marécageux, dans lequel elle se plaît ; d’autres pensent que son nom signifie « eau sombre », d’autres encore évoquent la légende du « Ster an Elez », la rivière des anges : les anges récupéraient *in extremis* les *anaon*, âmes vagabondes ; nombreux étaient ceux qui disparaissaient dans le marais et qui mouraient sans viatique, condamnés à l’errance… Sans parler de ceux qui étaient jetés dans le Youdig.
— Jetés ?
— Oui. Nous en reparlerons plus tard…

Il comprit à son regard déjà ailleurs qu’il était une fois de plus inutile de chercher à avoir la réponse à sa question aussi vite qu’il aurait aimé : quand le moment viendrait, elle y répondrait. À sa manière.
— En tous cas, dans les deux dernières hypothèses, l’Ellez apparaît comme une sorte de Styx, ce qui reste très raccord avec l’ambiance générale, donc.
— Tu devrais peut-être délaisser Allan Stivell et te mettre au *Heavy Metal*, en fait.
— C’est une idée…, répondit-il en se rapprochant de la statue, intrigué.
— Mais, dis-moi… reprit-il en un murmure.

La statue représentait une Vierge à l’enfant. Si, au premier coup d’œil, elle répondait aux codes

traditionnels, elle présentait une composition originale à qui s'attardait à ses pieds : la Vierge foulait une créature, dont on identifiait clairement la nature.
— Oui, c'est une sirène. Une Mary-Morgane.
— C'est étonnant de voir une créature païenne au pied d'une Vierge, non ?
— Ça l'est, oui.
— J'imagine que l'auteur a voulu louer la gloire de l'Église, qui est parvenue à écraser le paganisme.
— J'imagine que les prêtres ont toléré la présence de cette statue parce qu'ils en étaient convaincus. Mais l'essentiel était resté invisible, comme souvent… Il y a quelques années, la statue a été déplacée pour être restaurée : c'est alors seulement que l'on s'est aperçus que la tresse de la vierge se confondait avec la queue de la sirène. La Vierge n'écrase pas la sirène, elle la prolonge : elles ne forment qu'une seule et même réalité, reliée dans l'invisible, derrière les apparences.

Il regarda la conteuse, interloqué, puis observa à nouveau le visage railleur de la Vierge et de la sirène, comme un sourire de défi devant l'éternité aveugle des mortels.
— Ce que je voulais te montrer, reprit-elle, c'est que la culture celte perçoit le monde dans sa continuité. Il n'y a pas d'un côté les croyances anciennes et de l'autre la nouvelle religion ; il n'y a pas d'un côté le visible et de l'autre l'invisible ; de la même manière, il n'y a pas de séparation entre notre monde et l'Autre-Monde. Le temps et l'espace ne se séquencent pas. Tout est lié, tout est uni en une même réalité. Tout est un. Il suffit de savoir regarder. Et, parfois, le *continuum* apparaît distinctement entre les deux mondes : c'est ce que l'on appelle des « intersignes »,

des signes qui relient les deux mondes, qui les font visiblement communiquer.
— C'est une vision très poétique, mais…
— Tu as revu le chien noir aux yeux dorés cette nuit, n'est-ce pas ?

Son visage se figea. Il resta muet, son regard planté dans celui de la conteuse.
— L'autre fois, tu as dit que tu ne croyais *plus* au sens du monde. C'est donc que quelque chose t'y a fait renoncer…

Ses yeux se détournèrent lentement des siens. Il s'appuya sur le dossier du banc d'en face, en soupirant.
— J'ai vu, de mes propres yeux, ce que l'être humain était capable de faire, répondit-il d'une voix presque atone. De faire au nom de dieu. Alors le monde s'est effondré. Plus rien n'avait de sens. Plus rien n'a plus de sens.

Les jointures blanches de ses mains crispées faisaient ressortir le rouge de la peau, mordue par le froid.

Une peau rouge.

La peau rouge des flammes

sur son visage à elle

qui hurlait d'horreur,

qui hurlait de douleur.

de ses mains à lui,

maculées de sang,

maculées de *son* sang.

Elle posa une nouvelle fois sa main sur son bras. Il revint à la froideur du ban de l'église bretonne :
— Ce sont les hommes qui délient l'unité première et délitent le sens. Ce sont eux qui donnent consistance à l'obscurité et la répandent. Mais les hommes peuvent aussi partir en quête des morceaux épars pour les colliger à nouveau. Les hommes ont aussi le pouvoir de redonner toute sa force à la Lumière.
— Tu crois en ces fadaises ? Tu crois en ces superstitions ?
— Je crois que ce sont des métaphores, des miroirs : on s'y regarde et on y regarde notre vie avec la lucidité que l'on souhaite donner à notre existence. Et la lucidité, la raison ne sont pas forcément de rejeter d'un revers de main l'évidence inexpliquée.

Chapitre 18

Les Conjurés du Yeun Elez

«Trois jours, trois nuits,
Sodome se roula sur les tombes.
Le fou, qui n'était pas encore idiot,
força tous ces rois, ses aïeux, ces os secs
sautant dans leur bière, de partager son bal»,
Jules Michelet

Ils parcoururent silencieusement les quelques kilomètres qui séparaient l'église de la maison du marais.

Le généalogiste avait rappelé ; elle n'avait rien dit de plus.

La route semblait s'amenuiser dans la lumière mourante des phares, comme étouffée dans l'étreinte oppressante de la forêt, dense et obscure. Elle s'évanouissait dans le silence du souvenir, dans le souffle mourant de la mémoire… oubli de la nuit, paupières lourdes d'un monde las…

Ce fut peu à peu au tour des exhalaisons lactées du marais de lutter contre l'empire du bois nocturne : une brume de plus en plus compacte absorbait la forêt, la route, la lumière des phares, l'extrémité du capot de la voiture. Bientôt, ils disparaîtraient tout entiers dans le souffle épais de la nuit, néant aveugle et froid.

Une porte apparut dans la lueur des phares, à la faveur d'une vapeur mobile, voile de gaze porté par un invisible courant.

Silencieusement, ils descendirent de voiture, silhouettes aux furtifs contours dans une réalité en négatif.

Silencieusement, ils franchirent le seuil de la maison, aussitôt absorbée dans le souffle catarrheux du marais.

Il faisait un froid humide. Il se dirigea vers la cheminée et commença à préparer un feu. Elle ôta son manteau sans quitter son écharpe en laine, enveloppante et chaude.

— Tu veux boire un verre ? Grignoter quelque chose ? demanda-t-il en se relevant.

— Grignoter quelque chose en buvant un verre, oui.

Il sortit deux verres et y versa du Margaux ; il avait une bonne réserve de Château Dauzac. Le bon vin était toujours un ami fidèle : compagnon des joies, confident des peines.

Il ouvrit placards et frigidaire, tandis qu'elle attisait le feu, en activait sa chaleur.

— Du saucisson et des crackers, c'est tout ce que je peux te proposer.

— Et ce sera parfait ! répondit-elle avec gourmandise en quittant le foyer.

Elle prit les verres, il s'occupa de l'en-cas, et tous deux se calèrent devant la cheminée, se pelotonnant dans le velours des fauteuils, comme deux chats frileux. Elle picora une tranche de saucisson qu'elle grignota minutieusement comme une denrée rare que l'on consommerait avec parcimonie ; il trempa ses lèvres dans le velours racé du vin, lorsqu'il estima que le rouge liquide s'était suffisamment réchauffé aux flammes proches du foyer.

Tous deux fixaient la vie du feu, son cœur rouge vif, ardent, ses débordements et ses élans lumineux, les parties oubliées qui sombraient peu à peu dans le froid d'un fatal endormissement de cendre.

Elle but à son tour une gorgée de vin. Elle inspira profondément, il se cala dans son siège, suspendu à sa respiration.

Il n'entendit que le poème du feu.

Il tourna la tête vers elle, surpris de ne pas l'entendre narrer le dernier conte de Samain, l'histoire de la maison du marais. Elle sourit et but une gorgée de vin, l'or de ses yeux répondant aux ocres des flammes :

— Tu as compris ce qui est arrivé à ces jeunes filles.

Il baissa les yeux et pivota la tête vers le foyer.

— Oui. Elles ont été tuées par ce prêtre. Il devait prétexter une possession démoniaque pour dissimuler ses crimes.

— En effet.

Ses lèvres restèrent closes un instant. On ne savait si les flammes communiquaient leur chaleur dorée à ses yeux ou si ses yeux transfusaient leur chaude douceur au feu.

— L'Église a fait cesser ces pratiques au milieu du XIXe siècle, mais le Tadig Kohz a peut-être transmis ce secret en formant son dernier prêtre exorciste : les *jurandi*, les « conjurés », se rendaient dans la demeure de celui que l'on disait possédé, dans l'obscurité de la nuit, complice et propice ; ils pratiquaient les prières et les actes de purification, parfois pendant des heures ; il était crucial de libérer une fois pour toute la proie de son démon. Mais il fallait aussi prendre garde que le malin ne s'emparât d'une autre âme. Aussi les prêtres exorcistes avaient-ils pris l'habitude de prendre avec eux un chien, un chien noir, noir comme le Mal, noir comme la nuit. Le démon, disait-on, s'emparait du chien après avoir été chassé du corps humain. Les prêtres conduisaient la bête, enragée, ensauvagée, jusqu'au cœur du Youdig. Eux seuls connaissaient le chemin sûr qui menait jusqu'à la gueule empuantie de l'enfer. Ils y jetaient alors le chien noir et son locataire démoniaque, dans le silence de la nuit, propice et complice.

Il but une gorgée de vin, une gorgée chaude et suave qui relança la vie dans son corps soudain figé :

— Un chien noir aux yeux jaunes, je présume.

Ni l'un ni l'autre ne quittait les flammes des yeux.

Il imaginait l'enfer, réel, l'enfer sur terre, qu'avaient dû vivre ces jeunes filles, leur peur, leur horreur ; elles faisaient aveuglément confiance à cet homme que l'on pensait au-dessus de tout soupçon. Sans doute les avait-il séduit, charmé par sa bienveillance, ses belles manières, son savoir, elles, si jeunes, méconnaissant encore les laideurs de l'âme, confiantes en l'autorité de son habit et l'assurance charmeuse de son verbe.

— D'après le registre, le père de Jeanne-Marie était *pilhaouer*, chiffonnier. Il n'était jamais là, toujours parti par monts et par vaux. Ce prêtre a dû se lover dans le vide de son absence comme le serpent dans le creux chaud du souvenir. Il a longuement injecté son venin, goutte à goutte, avant de sauter sur sa proie, en lui faisant croire qu'*elle* voulait cela, qu'*elle* aimait cela, qu'elle n'était pas sa proie, mais la chasseresse. Technique habituelle des prédateurs sexuels.

— Mais elle a compris.

— Elle a rompu le charme du sommeil. L'appétit de l'ogre avait consumé ses amies. Viendrait le tour de la favorite, viendrait son tour.

— Elle en savait déjà trop.

— Elle aurait parlé sans doute.

— Alors il a imaginé cette mascarade d'exorcisme.

— Il savait déjà comment noyer les corps dans le Youdig. Il connaissait la moitié du rituel.

— Quelles cruautés ne commet-on pas au nom de dieu…

— Il ne s'agit pas tant de Dieu que de ceux qui parlent pour lui ou se prennent pour lui. « Le preneur d'apparences » : c'est ainsi que l'araméen désigne le Malin. L'obscurité peut pendre l'apparence de la lumière, mais elle n'est et ne sera jamais lumière. Un homme peut prendre l'apparence d'un prophète, il peut jouer au serviteur dévoué de dieu, mais il n'est et ne restera qu'un homme.

Elle ajouta, d'un ton qui se voulait plus léger :

— Moins il y a d'écrans qui nous sépare de la source lumineuse, plus la lumière que l'on reçoit est forte.

Il inspira profondément et but une gorgée de vin, les yeux rivés sur les flammes dansantes.

— Comment se fait-il que les gens de la paroisse ne se soient pas fait justice eux-mêmes ? L'époque, le lieu reculé…
— Je doute qu'ils aient su quoi que ce soit : c'est sans doute un autre prêtre qui a compris ce qui se passait, ou un homme de loi. Les villageois auraient en effet vengé leur fille, auquel cas…
— … auquel cas il n'y aurait pas eu d'âme errante nous invitant à faire la lumière sur le mensonge de sa mort et sur celle de ses sœurs de souffrance… et nous ne serions pas là, autour de ce feu, tous les deux…

Il s'était tourné vers elle. Le soufflé d'or du feu éclairait sur son visage une esquisse de sourire :
— En effet, répondit-elle en tournant ses yeux vers lui.
— Je crois comprendre le sens des objets que j'ai trouvés en refaisant le plancher de la maison : j'ai trouvé un coffret sous les lattes… des souvenirs, des trophées de ses malheureuses proies.

Tous deux se turent un long moment.

Il laissa son regard s'enlacer longuement au sien. Puis, il se libéra de son chant silencieux, but une gorgée de vin et, les yeux de nouveau ravis par les flammes :
— Pourquoi n'as-tu pas conté cette histoire, cette fois, pour le dernier soir ?

Elle sourit, les flammes dansant dans ses yeux :
— Tu sais comment est née la peinture ?
— Non, finit-il par répondre.
— « De l'amour et de l'ombre ». La légende, reprit-elle, dit qu'une jeune femme, désespérée de voir son

amoureux partir, emprisonna son ombre dans ses contours ; elle demanda ensuite à son père, potier, d'y déposer de l'argile, qu'il fit cuire. Elle emprisonna l'image de son amour, mais libéra son âme. Ainsi naquit la première effigie. De l'amour et de l'ombre.

Le crépitement du feu emplissait le silence.

— Ce soir, ce n'est pas à ma voix d'épouser les contours de l'ombre. C'est à celle de son amant.

— Ta maison recèle d'autres secrets, reprit-elle. Toi seul en a la clef...

Chapitre 19

De l'amour et de l'ombre

« Je t'aime *est dans mon cœur,*
mais je l'emprisonne derrière mes lèvres »,
Roland Barthes

Il laissa la voix du feu emplir l'espace silencieux qu'elle avait ouvert. Puis, il prit une inspiration :
— Tu m'as demandé tout à l'heure si j'avais revu le chien noir aux yeux d'or… Je rentrais de la veillée d'hier soir, par la porte qui donne sur la forêt, quand il est apparu dans l'encadrement de la porte opposée, celle qui donne sur le marais. Ça a dû durer une fraction de seconde : un bruit a attiré mon attention dans la chambre. Il a disparu en un clignement d'yeux.

Il se tut avant de reprendre :
— Le cadre qui est dans ma chambre, sur la table de chevet, était tombé.

De nouveau le silence. Puis :
— C'est la seule photo qui me reste de ma femme, le seul souvenir matériel que j'ai pu conserver.
— Elle était enceinte de huit mois, finit-il par ajouter.

Il soupira et se redressa, pris d'une soudaine agitation nerveuse, colère refoulée, douleur ravalée. Il

revint de la cuisine avec une nouvelle bouteille de vin. Le liquide coula en volutes, arabesques enfiévrées d'une danseuse de flamenco à la robe pourpre ; la langue veloutée du vin avait déposé par endroit l'empreinte acide d'une salive rouge sang, dévoilée dans la lumière des flammes.
— Comment pourrais-je un jour retrouver la paix ? siffla-t-il, amer. Comment ? En donnant un sussucre au chien noir, fantôme de mes peurs ?
— Les mots peuvent être des coquilles vides, des signes arbitraires. Ils peuvent être aussi un maillage de sons, de sens, dans lequel se trouvent enserrés toute ta haine, ta souffrance, mais aussi ton amour. Régurgite la pelote, défais-toi de ce qui t'étouffe, dépose cet entrelacs densément tissé qui te pèse. Comme un présent, une offrande, un *ex-voto*.

Le feu crépitait. Une pomme de pin restée sur une bûche projetait par moment des éclats de lumière rouge dans l'âtre sombre.

Il se redressa soudain, comme si une souterraine connexion s'était produite :
— Dans le document que l'on a retrouvé, le… procès-verbal, disons, de l'exorcisme, il y avait rapporté les insultes que le soi-disant démon aurait proférées contre le prêtre : tu t'en souviens ?
— Oui… « Pilate »… « Judas », « Belzébuth »…
— « *fils* de Belzébuth », pour être exact. Et « Serpent », « Lucifer », « Incube ».
— … et ?
— Pilate est celui qui a ordonné la crucifixion du Christ, innocent ; Judas celui qui l'a dénoncé, le traître.

— Lucifer, l'ange de lumière, la beauté qui dissimule la noirceur morale, qui séduit, subvertit. Où veux-tu en venir ?
— Le serpent est lié au mal et plus précisément au péché originel ; un incube est un démon qui pollue les corps féminins la nuit venue et…
— « le fils de Belzébuth » : les formules tournent autour de deux thèmes.
— La traîtrise…
— … et l'enfantement.

Tous deux se regardèrent ; les ombres chaudes des flammes dansaient sur leur visage.

Elle rompit le silence :
— Jeanne-Marie était enceinte.
— Treize ans. Et enceinte de ce prêtre perverti.
— Il a pris deux vies d'un coup.

Le silence s'imposa une nouvelle fois.
— Jeanne-Marie est la seule à avoir eu une sépulture, elle devrait reposer en paix. Pourtant… pourtant, j'ai l'impression que c'est elle qui m'a guidé… C'est absurde, oublie !
— Tu en es encore là, alors que tout dans cette histoire est absurde selon les critères habituels ?
— Hum…
— Ils feront faire des analyses sur les objets de la cassette que tu as retrouvée pour comparer l'ADN à celui des corps… mais je pense comme toi que c'est elle le lien : elle portait en elle une force de vie supplémentaire… et cette petite vie n'a eu, elle, aucun lieu de mémoire : personne ne devait savoir qu'elle était enceinte.

Il se cala à nouveau dans le fauteuil en buvant une large rasade de vin. Il respirait fort, sa poitrine se soulevait douloureusement.
— Le chien noir ne t'a pas seulement choisi parce que tu habites la maison du bourreau. D'autres liens vous unissent. Libère-toi. Libère-les.

Ses mâchoires se crispèrent. Il expira et sa voix se répandit dans la nuit des flammes :
— J'ai connu Sara lors d'une mission humanitaire en Afrique. Je suis médecin. J'*étais* médecin. Elle était infirmière. Dès que je l'ai vue, je suis tombée sous le charme de sa beauté, de sa douceur, de la lumière qu'elle dégageait. Chacun de ses gestes était comme une aile d'ange qui recouvrait d'une douceur balsamique la souffrance des patients. Il suffisait qu'elle s'approchât d'un lit pour qu'un rayon de soleil se posât sur les visages. Sa voix apaisait les traits les plus contractés par la douleur. Elle était la plus extraordinaire des femmes.

Au cœur des déplacements de population, d'un centre de réfugiés à l'autre, nous avons construit notre amour.

Je pensais que notre amour était à son comble, qu'il ne pourrait être plus fort. Je pensais ne jamais pouvoir être plus pleinement heureux.

Et Sara est tombée enceinte.

Nous vivions des drames, nous côtoyions les corps mutilés, les esprits brisés par la fureur de groupes enivrés par la guerre, qu'ils disaient sainte. Mais nous étions ensemble, dans la chaude douceur du soleil de notre amour. Et je mesurais chaque jour, chaque heure, chaque seconde, le bonheur qui était le mien d'être aimé par un ange.

Nous avions quinze jours de repos. Sara proposa d'aller dans l'orphelinat où elle avait grandi. Sa famille avait été décimée durant une guérilla ; les sœurs l'avaient élevée. Elle tenait à me les présenter, à leur montrer son ventre arrondi. Elle voulait que je vienne avec elle dans l'église où, enfant, elle priait chaque jour ; elle voulait, disait-elle, remercier Dieu d'avoir permis notre rencontre, d'avoir permis l'arrivée de cet enfant. De notre enfant.

Elle n'avait jamais été aussi rayonnante.

Je n'avais jamais été aussi heureux.

Les sœurs l'embrassèrent, la serrèrent fort dans leurs bras, heureuses d'être toutes en vie pour célébrer l'arrivée d'une nouvelle vie. Leurs larmes se mêlèrent à ses larmes, leur joie à son bonheur. Elles ne lui en voulaient pas de cet enfant né hors mariage, elles caressaient son ventre rond, riaient, trop heureuse de cet îlot d'amour lumineux dans la tempête de violences et de peurs qui s'abattait une fois de plus sur leur monde, sur le monde. Elles me serrèrent fort aussi, elles m'embrassèrent chaleureusement, passant leurs mains sur mon visage, me regardant longuement comme pour imprégner sur leur rétine le soleil de mon bonheur.

Je n'avais jamais ressenti tant d'amour. L'espace était gorgé d'amour, le temps gonflé d'amour. J'avais presque mal de tant d'amour, le cœur ployant comme un arbre sous le poids d'un fruit merveilleux, trop beau, trop fort pour lui.

Sara voulut, après le repas préparé par les sœurs, aller à l'église. Remercier Dieu, le prier, lui montrer son visage-soleil, son ventre-monde.

Elle prit ma main dans l'obliquité du soleil mourant. Sa robe ivoire capturait dans la danse de ses hanches les derniers traits rouges du soleil agonisant. Sa peau cuivrée emprisonnait l'haleine moite du soleil expirant.

J'aimais tellement Sara.

Statue chryséléphantine du temple de mon amour

Reine de mes rêves, *Saba*

Courbe lumineuse de la langue de mon cœur

Elle est entrée dans la maison blanche. Elle s'est avancée vers le Fils de Dieu. Elle a souri. Sa peau embrasée par les derniers rayons du jour. Sa robe s'irradiant de la lumière finissante. Elle s'est agenouillée. Et a prié.

Quelques pas derrière toi

dans l'ombre de ta foi

je bois ta beauté

je m'absorbe dans ta lumière

Je n'entends pas même la Bête à sept têtes se

glisser dans l'ombre de ta beauté.

Il me semble qu'il fait plein jour. Il me semble être au premier jour de la Création.

Je ne vois pas même le regard brûlant de la Bête à sept têtes. Je ne sens pas même son souffle de souffre. C'est toi la première qui sens la menace, toi la première qui vois les flammes qui commencent à dévorer les maisons des hommes, toi la première qui entends

les cris des femmes.

Cris

et flammes.

Crépitement

chaleur

panique

Douleur.

Violente douleur dans ma tête

Violente douleur dans mes côtes

Violente douleur dans mon ventre

Goût métallique sur ma langue

Douleur.

Et souffle court.

Chaleur.

Crépitement

flammes

et cris.

Tes cris.

On me redresse. On me tient comme un chien.

Des rires.

Des cris.

Leurs rires

Tes cris.

J'essaie d'ouvrir mes paupières, je voudrais déchirer de mes mains mes paupières, je me débats.

Des coups

des rires

Dégoût.

Goût du sang qui rigole sur mon visage,

Sang qui colle mes yeux gonflés,

Sang qui coule sur ma langue.

Mes yeux se décillent. Mes yeux se décollent.

Et je vois.

Je vois les flammes

dans la maison de Dieu.

Je vois ta robe rouge

et la maison blanche de Dieu.

Je vois ton corps déchiré.

Et ton regard.

Je vois tes yeux qui crient de t'aider.

Et ton regard.

Tes cris,

les flammes,

leurs rires.

Et ton regard.

Je vois tes yeux désormais muets. Tes yeux qui cillent à peine sous les assauts de la Bête à sept têtes.

Je vois tes yeux qui me fixent. Tes yeux qui n'attendent plus rien de moi. Tes yeux qui n'attendent plus rien.

Tes yeux vides.

Leurs rires,

les flammes.

Voix close,

Yeux muets.

Je vois tes yeux qui se détournent. Tes yeux une dernière fois horrifiés…

Je vois le corps innombrable de la Bête à sept têtes se redresser et…

Un feu liquide sort de ma bouche,

mon corps se vide

comme ton ventre

se vide.

Coups

Déchirures

Vue trouble

Bourdonnements

Tout tourne

Valse de feu,

de cris et de sang

Je veux bouger mon corps mais ne le sens plus

magma dégueulant

l'indicible

Ton regard vide

Ton corps déchiré

Vide.

Vide notre ventre

Vide le ventre-monde

Déchiré

Notre amour

Déchirée

Notre espérance

Vides.

Le ventre-monde

Anéanti.

Ton regard

Anéanti.

Vide.

Des serres traînent la plaie de mon corps. Mon cœur hurle. Je veux être contre toi.

Des griffes soulèvent la plaie béante qu'est mon corps. Mon cœur saigne. Je veux te serrer contre moi.

La chaleur

Le crépitement

Les cris

Le bourdonnement

Et les ténèbres.

Chapitre 20

L'Aurore

« Car la nuit engendre l'aurore;
C'est peut-être une loi des cieux
Que mon destin fasse éclore
Ton sourire mystérieux »,
Victor Hugo

Il passa sa main blême sur son visage, sur ses yeux, ses lèvres déformées. Il but une rasade de vin pour recouvrir un haut-le-cœur.

— Je suis resté dans le coma plusieurs semaines… en fait, j'ai l'impression de ne m'être jamais vraiment réveillé. Je flotte dans un entre-deux, entre réalité et cauchemar. Mon corps se déplace, se nourrit, mais mon cœur est vide, muet… il est mort avec elle. Mon cœur est mort avec eux deux.

Il se redressa brusquement et, dans un râle rauque, animal, balaya du revers du bras tous les objets qui se trouvaient sur la commode d'à côté.

— Pourquoi ? Pourquoi elle ? Pourquoi ? Pourquoi m'a-t-elle aimé moi, qui n'ai rien pu faire pour la défendre ? Pourquoi moi, bon à rien, sous-homme, incapable, impuissant ? Pourquoi, rugit-il entre les dents, en cognant du poing, de toutes ses forces.

Le son cristallin d'un bibelot se brisant se mêla à sa voix rauque.
— Pourquoi ? siffla-t-il avant de s'effondrer, recroquevillé, le visage déformé par la douleur, une main en sang comprimant son flanc gauche douloureux.
Elle se précipita :
— Une fracture qui a du mal à cicatriser, murmura-t-il.

Elle prit sa main en sang et posa une caresse de regard sur ses paupières baissées, honteuses. Elle le releva doucement et l'entraîna dans la cuisine. Elle mit la main en sang sous le filet d'eau du robinet en l'inspectant : aucun bris ne semblait s'être fiché dans la peau. Elle le laissa un instant ainsi, puis revint de la salle-de-bains avec de quoi désinfecter les plaies et faire un bandage.

Toujours silencieusement, elle le fit asseoir près de la fenêtre donnant sur la forêt. L'aube se levait et déposait sur le monde sa traîne de tulle blanc.

Elle mit une dosette de café dans le percolateur, sortit deux tasses, qu'elle déposa ensuite, fumantes, sur la table. Elle se lava à nouveau les mains, s'assit près de lui, face à la fenêtre, désinfecta les plaies, y déposa des pansements, puis le banda. Elle approcha la tasse de ses lèvres et ajouta, doucement :
— Ta main va gonfler. Il faudrait mettre de la glace. Il faudrait aussi s'assurer que les plaies sont bien propres, que rien n'y est entré : j'ai paré au plus pressé. Mais bon, tu sais tout cela : tu es médecin.

Il regarda le bandage d'une blancheur immaculée sur sa main rougie, bleuissant peu à peu sous l'effet du coup qu'il avait donné.

Il aurait voulu s'excuser. Il aurait vu lui dire, ne serait-ce que par le regard, qu'il était désolé, désolé d'avoir ainsi vidé son cœur, ses tripes. D'avoir été aussi impudique, aussi faible. Une fois de plus.

Il aurait voulu dire quelque chose. Mais il ne put rien articuler.

Elle regardait silencieusement les vagues de brume voleter, ballet fantomatique donné devant le parterre des arbres. Elle portait de temps en temps la tasse à ses lèvres, seul geste qui animait la maison des marais, comme endormie en un sommeil somnambule.

— Je sais ce qu'est le poids de la culpabilité... les fers de la mémoire qui entravent la marche.

Elle se tut. Puis reprit :

— Rejoins l'océan. C'est un bon maître d'oubli. Il te suffira de l'observer pour apprendre à oublier. Pour apprendre à te vider et à te remplir d'une force nouvelle. Lui seul le sait. Lui seul peut l'enseigner. Et sans cela, rien ne peut être reconstruit.

Elle se leva, déposa sa tasse dans l'évier. Il sentit le souffle de sa main dessiner subrepticement une caresse sur ses cheveux. Il sentit le souffle chaud de ses lèvres déposer une pensée de baiser. Puis, elle prit ses affaires et partit.

Il réalisa soudain et bondit à la porte :

— Où vas-tu ?

Elle hésita avant de se retourner :

— Écouter la voix de l'océan.
— Quand te reverrai-je ?
— La vie est une question de moments.

Il la vit disparaître progressivement dans les brumes de la forêt, au lendemain de Samain.

Il rentra et se rassit, hors du temps, hors du monde, vide, chaos. Il resta ainsi un temps indéfini, l'esprit vagabond. Puis, il se reconnecta soudain au monde.

Bouger, prendre l'air, sortir.

La retrouver.

Vivre.

Il prit une douche et se vêtit chaudement. Il laça ses chaussures de sport, tandis que la tasse se remplissait à nouveau d'un café fumant et odorant. C'est alors qu'il entendit un bruit un passant devant la porte opposée à celle de la forêt. Il s'arrêta, tendit l'oreille : rien.

Alors que son corps se remettait en mouvement, il entendit un couinement distinct.

Il déverrouilla la porte, l'ouvrit : un chiot noir aux yeux dorés était assis sur le seuil de la maison du marais.

Sommaire

Du même auteur, chez Sourire en bandoulière

Dans la collection « L'Archipel des brumes » :

La Maison du marais, 2018.

Dans la collection « L'Artiste en sa chrysalide » :

Moi, Charles B. , futur poète maudit, 2018 (sur Baudelaire)

Moi, Mary W. S. , future mère d'un monstre, 2019 (sur Mary Wollstonecraft Shelley)

※

Chez d'autres éditeurs

Le Miroir et la clepsydre. Pour une mythographie de la décadence, Minard-Classiques Garnier, 2016 (essai).

※

Conférences-lectures, animations scolaires, salons :

https://deslivresetdeshommes.wordpress.com/

Déjà parus chez « Sourire en bandoulière »

Textes d'Alain Plas

Les Aventures de Chouchou le petit caillou

Chouchou le petit caillou en Suisse

Chouchou le petit caillou et le Parc aux merveilles

Chouchou le petit caillou et le Sanctuaire marin

Illustrés par Magali Chierico

****

Gaspard ou les enfants de l'espoir

Illustré par Serge Ceccarelli

****

Graines de Carpe Diem

Coin de rue (Poésie)

Illustrés par Gérard Haton-Gauthier

****

Journal d'un martinet

Illustré par Patrick Ventujol

Contact:

Association loi 1901

« Sourire en bandoulière »

c/o Alain Plas

49, rue du château

06500 Gorbio

allain.plas@wanadoo.fr

https://sourireenbandouliere.com/

https://deslivresetdeshommes.wordpress.com/

Facebook : Sourire en bandoulière

Suivez-nous aussi sur LinkedIn et Twitter!

Imprimé à Orthez

Par ICN

Dépôt légal 4ème trimestre 2018